AF553000

सचिन कुमार

सत्साहित्य प्रकाशन, दिल्ली

प्रकाशक : सत्साहित्य प्रकाशन,
694-ए, (पहली मंजिल) चावड़ी बाजार, दिल्ली-110006
सर्वाधिकार : सुरक्षित / संस्करण : 2025 / मूल्य : चार सौ रुपए
मुद्रक : नरुला प्रिंटर्स, दिल्ली ISBN 978-81-7721-115-3

GULIVER KI YATRAYEN

by Sachin Kumar ₹ 400.00
Published by Satsahitya Prakashan, 694-A, (First Floor)
Chawri Bazar, Delhi-110006

संपादकीय

कभी-न-कभी हमारे जीवन में कोई-न-कोई ऐसी घटना अवश्य घटती है, जिसे हम चाहकर भी नहीं भूल पाते। कुछ ऐसी ही रोमांचक घटनाएँ गुलिवर के जीवन में भी घटीं, जिन्हें वह चाहकर भी नहीं भूल पाया। गुलिवर, जिसका पूरा नाम 'लैंवल गुलिवर' था। अपनी रोमांचक समुद्री यात्रा को उसने अपनी डायरी में लिखा था। उसको हमने एक कहानी के रूप में सरल भाषा एवं चित्रों के साथ प्रस्तुत करने का प्रयास किया है। गुलिवर की यह कहानी आपको अवश्य ही रोमांचित करेगी।

समुद्री यात्रा में जब वह बौनों के देश में होता है तो स्वयं को एक विशाल मानव के रूप में पाता है और जब विशाल मानवों के देश में होता है तो स्वयं को बहुत छोटा प्राणी मात्र पाता है। वहाँ पर अनेक बार उसे अपनी मौत से सामना करना पड़ता है।

गुलिवर इस प्रकृति के जिन रहस्यों तक पहुँचा, शायद ही कोई व्यक्ति वहाँ तक पहुँच पाए। अतः अनेक रहस्य-रोमांच से परदा उठाती गुलिवर की समुद्री यात्राएँ आपको अवश्य ही रोमांचकारी दुनिया से परिचित कराएँगी।

कहाँ क्या है?

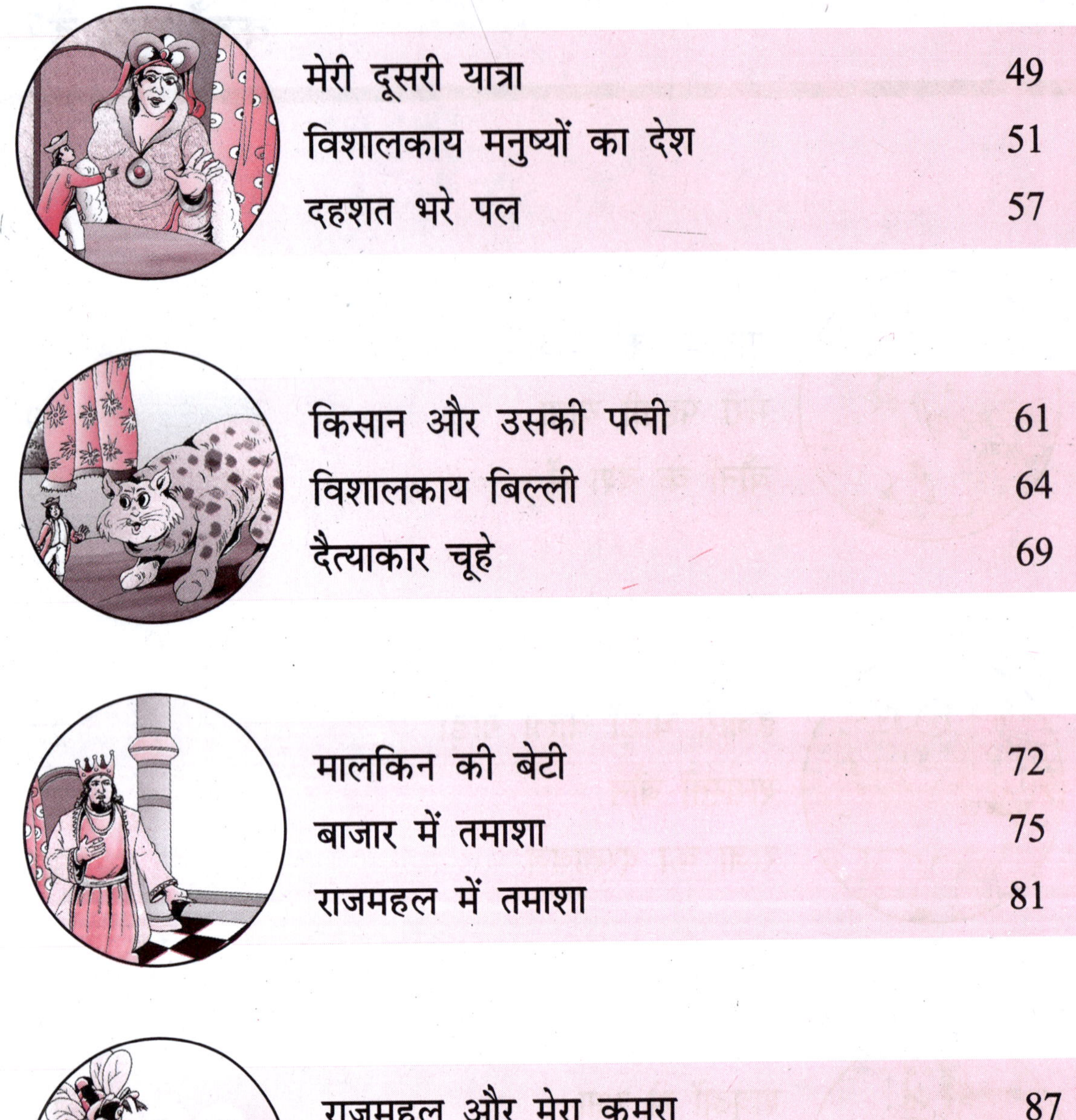

गुलिवर की यात्राएँ

प्यारे बच्चो!

मेरा नाम लैंवल गुलिवर है। लोग मुझे गुलिवर के नाम से जानते हैं। मेरे पिता इंग्लैंड में रहते थे। नोटिंघमशायर नाम के नगर में जमींदार थे। जमींदार होते हुए भी उनके पास जमीन-जायदाद अधिक नहीं थी, लेकिन घर-खर्च चलाने में मेरे पिता को कभी कोई दिक्कत नहीं हुई।

दो भाई मुझसे बड़े और दो भाई छोटे थे। जब मैं कैंब्रिज विश्वविद्यालय में पढ़ाई करने गया था, उस समय मेरी आयु केवल चौदह वर्ष थी। वहाँ मैंने तीन वर्ष तक मन लगाकर पढ़ाई की।

मेरे पिता में इतनी सामर्थ्य नहीं थी कि वे मुझे अधिक पढ़ा सकते। विवश होकर उन्होंने मेरी पढ़ाई छुड़वा दी। उन्होंने मुझे लंदन में एक डॉक्टर के पास काम सीखने के लिए भेज दिया। वहाँ मैंने पूरी मेहनत और लगन से चार वर्ष तक काम सीखा।

मुझे समुद्री यात्रा करने में बहुत रुचि थी। मैंने बचपन से ही निश्चय कर लिया था कि मैं जीवन में एक बार समुद्री यात्रा अवश्य करूँगा। मैं अपने जेबखर्च में से कुछ रुपए हर महीने बचाकर रखता था और उन रुपयों से समुद्री यात्रा संबंधी पुस्तकें खरीदकर पढ़ता था। समुद्री यात्रा संबंधी पुस्तकें पढ़ने का मुझे शौक था।

चार साल में ही मैंने डॉक्टरी का काम बहुत अच्छी तरह से सीख लिया। डिग्री के अभाव में मेरा अनुभव भी बेकार ही था। मेरी हार्दिक इच्छा थी कि मैं किसी अच्छे संस्थान से डॉक्टरी की पढ़ाई करूँ। मेरे पिता ने कुछ रिश्तेदारों से चालीस पाउंड उधार लेकर एक अच्छे मेडिकल कॉलेज में दाखिला दिलवा दिया। वहाँ मैंने लगातार पढ़ाई की और ढाई वर्ष में ही मुझे डॉक्टरी की डिग्री मिल गई। आर्थिक स्थिति अच्छी न होने के कारण मैंने दूसरे डॉक्टरों के साथ मिलकर डॉक्टरी का काम शुरू कर दिया।

अब मेरी आयु तीस वर्ष थी। मेरे दो बच्चे भी थे, जिनमें एक लड़का और एक लड़की थी। उन दिनों एक जहाज दक्षिणी महासागर की यात्रा पर जा रहा था। उस जहाज का सर्जन किसी कारणवश समय पर नहीं आ सका। तभी जहाज का कप्तान मुझसे बोला कि मैं जहाज पर सर्जन का काम सँभाल लूँ। जहाज का कप्तान मुझे अच्छा वेतन भी देने को तैयार था। यदि मैं जहाज पर सर्जन का काम न सँभालता तो उनकी यात्रा रद्द हो सकती थी, क्योंकि उस समय कोई दूसरा डॉक्टर उपलब्ध नहीं था।

मैं कप्तान का ऑफर पाकर बहुत खुश हुआ, क्योंकि बचपन से ही मैं समुद्री यात्रा करना चाहता था। मैं तो अपने पैसे खर्च करके भी समुद्री यात्रा करने को तैयार था। उस समय एक तो मेरे बचपन का सपना पूरा हो रहा था, दूसरे कप्तान अच्छे पैसे भी दे रहा था। इसलिए मैंने खुशी से जहाज पर सर्जन का काम सँभालने के लिए हाँ कह दी।

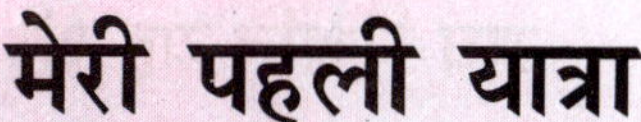

मेरी पहली यात्रा

वैसे तो मैं पहले भी कई छोटी समुद्री यात्राएँ कर चुका था, लेकिन लंबी यात्रा पर जाने का यह पहला अवसर था। इस अवसर को पाकर मैं बहुत खुश था। निश्चित समय पर हमारा जहाज ब्रिस्टल बंदरगाह से चलना शुरू हुआ। कुछ दिन तो यात्रा बहुत आनंदमयी रही, लेकिन एक दिन हमारा जहाज पूर्वी द्वीप समूह की ओर जा रहा था कि अचानक बहुत जोर से तूफान आ गया। तूफान के आते ही समुद्र में ऐसी हलचल मची कि पानी की लहरें कभी ऊपर उठतीं तो कभी नीचे गिरतीं। वातावरण में इतना भयानक शोर था, मानो सैकड़ों हाथी एक साथ चिंघाड़ रहे हों।

समुद्री लहरों के थपेड़े खाकर जहाज इधर-उधर डोल रहा था। तूफान की भयंकरता को देखकर ऐसा लग रहा था कि बस जहाज उलटने ही वाला है। अहसास हो रहा था कि हम सब मौत के मुँह में जाने वाले हैं। मौत के नाम से ही सभी यात्री काँपने लगे। सबकी भूख-प्यास उड़ गई। जीवन का अंतिम समय समझकर सब भगवान् को याद करने लगे। भयंकर समुद्री लहरों से लड़ते-लड़ते सब थक चुके थे। कई दिन बीत गए, लेकिन तूफान नहीं रुका। किसी को भी यह पता नहीं था कि हम कहाँ हैं और कहाँ जा रहे हैं? दिशा भटकने के कारण हमारा जहाज पता नहीं कहाँ पहुँच गया। ऐसी विकट मुसीबत में हम सब परेशान हो रहे थे।

अब स्थिति यह थी कि हमारा जहाज तो सुरक्षित था, लेकिन हमारे बारह साथियों को तूफान ने निगल लिया था। जो साथी बचे थे, उन्हें देखकर ऐसा लगता था कि वे भी कुछ ही दिन के मेहमान हों। ऐसा लग रहा था कि जो यात्री बच गए हैं, उनकी जान यदि तूफान ने नहीं ली तो भी उनका आत्मविश्वास टूट जाएगा और वे भी भगवान् को प्यारे हो जाएँगे।

तभी समुद्र पर घना कोहरा छा गया और कोहरे ने हमारे जहाज को चारों ओर से ढक लिया। कोहरे के कारण ऐसा लग रहा था जैसे हम धुएँ के गुंबद में घूम रहे हों। चारों ओर अँधेरा था। किसी भी दिशा में कुछ भी दिखाई नहीं दे रहा था।

अचानक हमें घने कोहरे के बीच में कुछ काला-काला सा दिखाई देने लगा। हमने तुरंत अंदाजा लगा लिया कि यह कोई बड़ी चट्टान है।

तभी कप्तान का जहाज से नियंत्रण छूट गया और वह बड़ी तेजी से आगे बढ़ने लगा। अब जहाज केवल तूफानी हवाओं के सहारे ही आगे बढ़ रहा था। तूफानी हवाएँ जहाज को अपनी इच्छा से कहीं भी ले जा सकती थीं।

देखते-ही-देखते हमारा जहाज एक भीमकाय चट्टान से टकराकर चूर-चूर हो गया। शायद भगवान् की ऐसी ही इच्छा थी। हम लाख कोशिश करने के बाद भी जहाज को चट्टान से टकराने से रोक नहीं सके। जहाज को बचाने के हमारे सभी प्रयास विफल रहे।

जहाज पर जा रहे कुछ यात्रियों ने हिम्मत नहीं हारी और जल्दी से एक छोटी सी नाव समुद्र में डाल दी। जहाज के चीथड़े होने से पहले ही हम नाव में कूद गए। हमने अपनी आँखों से जहाज के टुकड़े होते हुए देखे थे।

समुद्री लहरों के बीच भगवान् के भरोसे हम नाव पर बैठकर आगे बढ़ने लगे। बड़ा जहाज ही जब लहरों के बीच किनारे नहीं जा सका तो छोटी नाव समुद्री लहरों का मुकाबला कैसे कर सकती थी। धीरे-धीरे नाव में पानी भरने लगा। हम सब मिलकर नाव से पानी बाहर फेंकने लगे। तूफान इतना भयंकर था कि एक ही क्षण में हमारी नाव पानी में डूब गई। मेरे सभी साथी समुद्री लहरों में इधर-उधर हो गए। किसी को किसी का कुछ पता नहीं था। इतने भयंकर हादसे के बीच किसी के बचने की कोई उम्मीद नहीं थी।

समुद्री लहरों के बीच मैं एक खिलौने की तरह इधर-उधर उछलता

हुआ आगे बढ़ता जा रहा था। मेरी जान मुसीबत में थी, लेकिन फिर भी मैंने हिम्मत नहीं हारी। मैंने बुद्धिमानी से काम लिया और निश्चय कर लिया कि जब तक मेरे हाथ-पैर चलेंगे तब तक समुद्री लहरों का मुकाबला करूँगा।

कोहरा अभी घिरा हुआ था। मैं पानी में धीरे-धीरे चलता रहा। तब एक मील चलने के पश्चात् किनारा दिखाई दिया। किनारे पर पहुँचकर जान बचाने के लिए मैंने भगवान् का धन्यवाद किया।

अब धीरे-धीरे कोहरा कम होने लगा। इधर-उधर नजर दौड़ाकर देखा तो मुझे कुछ भी दिखाई नहीं दिया। उस समय रात हो चुकी थी। थकान के कारण मेरा बुरा हाल था, वहाँ न तो कोई मकान था और न ही कोई मनुष्य, जिससे मैं सहायता लेता। विवश होकर मैं जमीन पर निर्जीव की भाँति लेट गया। मेरा मस्तिष्क सोचने-समझने की शक्ति खो चुका था। धीरे-धीरे मेरी पलकें बंद होने लगीं। मुझे कब नींद आ गई, पता ही नहीं चला।

बौनों के देश में

पिछले कई घंटे पानी में रहने के कारण जैसे ही सूरज निकला तो मुझे बहुत अच्छा लगा। सूरज की गरमी से बहुत राहत मिली। चारों ओर धूप-ही-धूप थी। कितनी देर तक मैं धूप में लेटा रहा। जब मैंने हिलने की कोशिश की तो मैं हैरान रह गया। बहुत कोशिश करने के बाद भी मेरे शरीर का एक भी अंग नहीं हिल रहा था।

तभी मुझे ऐसा लगा जैसे मेरे चारों ओर जमीन में खूँटियाँ गड़ी हैं और मेरी छाती के ऊपर असंख्य मजबूत धागे तने हुए हैं। मेरे हाथ-पैर बँधे हुए थे। मेरे पूरे शरीर को धागों से बाँधकर धागे के सिरों को भी जमीन में गड़ी खूँटियों से बाँधा गया था। चाहकर भी मैं अपने शरीर के किसी भी अंग को नहीं हिला सकता था। मेरे सिर के बालों में भी धागों का जाल बड़ी बारीकी के साथ पिरोया गया था। हाथ-पैरों के साथ-साथ मैं अपने सिर को भी नहीं हिला सकता था।

मैं सोच में पड़ गया कि रात तो मुझे यहाँ कोई भी पशु-पक्षी या मनुष्य दिखाई नहीं दिया, परंतु वे कौन लोग थे, जो मुझे यहाँ इस तरह बाँधकर चले गए। मेरी समझ में कुछ भी नहीं आ रहा था कि यहाँ मेरा कौन शत्रु है, जिसने मेरे साथ ऐसा व्यवहार किया।

मैं सोच ही रहा था कि यह सब मेरे साथ कैसे और कब हुआ, तभी

मुझे कुछ आवाजें सुनाई दीं। मेरे मस्तिष्क में उथल-पुथल मच गई कि ये आवाजें किसकी हो सकती हैं। मैं सोचने लगा कि ये आवाजें न तो लहरों की हैं और न ही तूफान की। क्योंकि उस समय तूफान थम चुका था।

उन आवाजों के विषय में सोच ही रहा था कि तभी एक छोटा सा कीड़ा मुझे अपने पैर पर घूमता हुआ महसूस हुआ। वह कीड़ा धीरे-धीरे चलता हुआ मेरी छाती के ऊपर से होकर ठोड़ी के नीचे खड़ा हो गया। जब मैंने नजरें झुकाकर देखा तो मेरे आश्चर्य का ठिकाना न रहा। मेरी ठोड़ी के नीचे जीता-जागता चार इंच का इनसान खड़ा था। जिसे हम खिलौना भी कहें तो अतिशयोक्ति नहीं होगी।

वह एक बौना इनसान था, जो मेरी छाती पर खड़ा था। उस बौने की कुल लंबाई मेरी अंगुली से अधिक नहीं थी। उसके हाथ में तीर-कमान था। कपड़े सिलने वाली सुई के बराबर तीर और नन्ही सी कमान थी। उसकी कमर के पीछे छोटा सा तरकश था, जो छोटे-छोटे तीरों से भरा हुआ था।

मुझे उस समय बहुत हैरानी हुई जब उस बौने ने अपने छोटे से हाथ से कुछ इशारा किया और पचास बौने मेरी छाती पर चढ़ गए। इतने सारे बौनों को देखकर मैं घबरा गया और बेबस होकर सबकुछ अपनी आँखों से देखता रहा।

मैंने अपने हाथ से बौने को पकड़ने की कोशिश की, लेकिन वे बुरी तरह से डरकर भागने लगे। उन्होंने मेरे शरीर को तो आजाद कर दिया

लेकिन सब ने इकट्‌ठे होकर मुझ पर हमला बोल दिया। उन्होंने मेरे चेहरे पर नुकीली सुइयों की वर्षा कर दी। हजारों बौनों ने मुझे चारों ओर से घेर लिया और तीर-भालों से मेरे ऊपर प्रहार करने लगे।

संयोग से उस दिन मैंने खाल की बनी जाकेट पहन रखी थी। इसलिए उनके भाले जाकेट को पार करके मेरे शरीर को छलनी न कर सके। उनका मुकाबला करने की मुझमें हिम्मत नहीं थी। मैंने चुपचाप लेटे रहने में ही अपनी भलाई समझी।

बहुत सोच-विचार के बाद मैं लेट गया। मैंने सोचा कि मुझे शांत देखकर शायद ये लोग प्रहार करना बंद कर दें। रात जब ये लोग इधर-उधर चले जाएँगे तो मैं भी सारे बंधन तोड़ दूँगा। मुझे यह देखकर बड़ा आश्चर्य हुआ कि जैसे ही मैंने हिलना-डुलना बंद किया तो बौनों ने

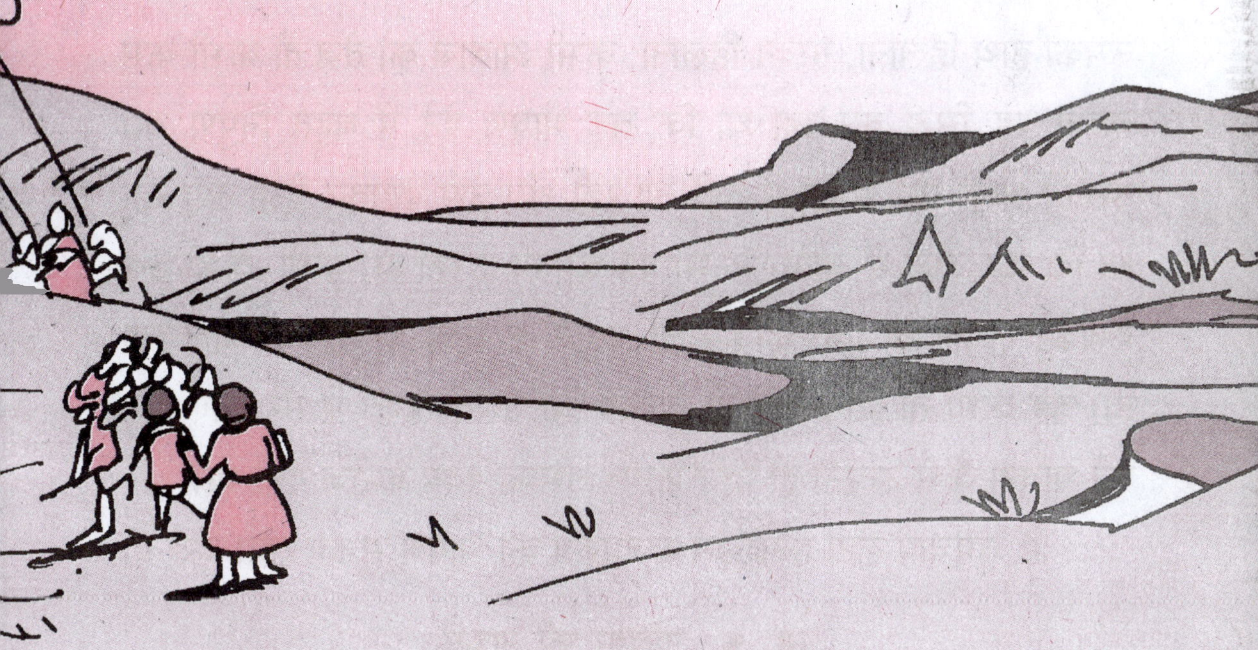

भी प्रहार करना बंद कर दिया।

कुछ ही देर में मुझे ठोक-पीट की आवाजें आने लगीं। वे लोग एक मंच बना रहे थे। वह मंच मेरे सिर के बराबर ही ऊँचा था। मंच बनाने का काम सैकड़ों बौने कर रहे थे। कुछ ही देर में सब बौनों ने मिलकर एक सुंदर सा मंच तैयार कर दिया। एक सीढ़ी की सहायता से चार बौने मंच पर चढ़ गए। तीनों की वेशभूषा एक जैसी थी। उनमें एक राजपुरुष लग रहा था। उसकी वेशभूषा बहुत ही सुंदर और सबसे अलग थी। राजपुरुष का कद बाकी बौनों से करीब दो सूत अधिक था। तीनों बौनों को देखकर ऐसा लग रहा था मानो वे राजसेवक हों। एक बौना राजपुरुष के इधर-उधर हाथ बाँधकर इस प्रकार खड़ा था जैसे राजपुरुष के आदेश की प्रतीक्षा कर रहा हो।

वह राजपुरुष मंच के चारों ओर खड़ी भीड़ को भाषण दे रहा था। उसका हाथ हिलाना, गरदन हिलाना, कभी आवाज को तेज तो कभी कम करना यह सिद्ध कर रहा था कि वह भाषण देने में बहुत निपुण था। उसकी भाषा मेरी समझ में नहीं आ रही थी। उसे देखकर ऐसा लग रहा था कि वह जोश में आकर किसी को धमकी दे रहा हो। कभी-कभी उसे देखकर लगता था कि वह हौसला बढ़ाने के लिए ही जोर से बोल रहा हो। वह कभी तो इतना धीरे से बोलता कि उसके हृदय में मेरे लिए दया की भावना कैसे उत्पन्न हो गई? शायद उसका हृदय पसीज गया था।

मैं चुपचाप लेटा हुआ उस राजपुरुष का भाषण सुनता रहा। जैसे ही

उसका भाषण समाप्त हुआ तो हजारों बौने मेरे पास आकर मेरे बंधन खोलने लगे। यह देखकर मैं आश्चर्यचकित हो रहा था कि इन बौनों के हृदय में मेरे लिए दया की भावना कैसे उत्पन्न हो गई। जो बौने कुछ देर पहले मेरे ऊपर तीर और भालों की वर्षा कर रहे थे, वे अब मुझ पर दया क्यों दिखा रहे हैं?

उस समय मुझे बहुत जोर से भूख लगी थी। जब मैं उनकी भाषा नहीं समझ रहा था तो वे मेरी भाषा कैसे समझते। मैं उन्हें अपनी बात कैसे समझाऊँ, यह बहुत बड़ी समस्या थी। मैं उन्हें समझाने के लिए अपना हाथ मुँह तक लेकर गया।

बौने बहुत बुद्धिमान थे, वे तुरंत समझ गए कि मैं उनसे खाने के लिए भोजन माँग रहा हूँ। कुछ बौनों ने मेरा संदेश अपने नेता तक पहुँचा दिया। नेता की आज्ञा मिलते ही वे बौने इधर-उधर भागे और मेरे लिए खाने का बहुत ारा सामान ले आए।

उन बौनों की नजर में तो मेरा शरीर बहुत विशाल था। उन्होंने सोचा कि थोड़े भोजन से तो मेरा पेट नहीं भरेगा। इसलिए वे सब कई बार जाकर भोजन लाए। यह भोजन उनके लिए तो बहुत अधिक था, परंतु सोचने की बात यह थी कि वे अपने छोटे-छोटे हाथों से कितना भोजन ला सकते थे।

मैंने कई थालियों और टोकरियों को अपने एक ही कौर में खत्म कर दिया। वे भाग-भागकर भोजन ला रहे थे और मैं जल्दी-जल्दी खा

रहा था। मुझे भोजन करते हुए देखकर बौनों को बहुत आश्चर्य हो रहा था।

इसके बाद मैंने उनकी ओर पीने का इशारा किया, वे तुरंत भागकर शराब से भरी मशक ले आए। उनकी मशक देखने में पानी से भरे गुब्बारे के बराबर बड़ी थी। मुझे इतनी जोर से प्यास लग रही थी कि मैंने तीन-चार मशक पी गया, फिर भी मेरी प्यास नहीं बुझ सकी।

मेरे खाना खाते ही वे खुशी से चिल्लाने लगे और मेरे चारों ओर घूम-घूमकर नाचने लगे। उन बौनों ने पहले मुझे खाली मशकों को नीचे फेंकने के लिए इशारा किया और बाद में अपने साथियों को दूर हटने का इशारा किया। यदि मशक उनके ऊपर गिर जाती तो वे बुरी तरह घायल हो सकते थे।

जब बौनों द्वारा की गई नुकीले तीरों की बारिश याद आती तो मुझे बहुत क्रोध आता था। मेरी इच्छा होती कि एक साथ सैकड़ों बौनों को उठाकर जमीन पर पटक दूँ। लेकिन फिर मुझे याद आया, यदि इन सब बौनों ने मिलकर मुझपर हमला बोल दिया तो मैं बुरी तरह से घायल हो जाऊँगा।

मैंने सोचा कि मुझे बौनों के ऊपकार को नहीं भूलना चाहिए। इन बेचारों ने मुझे भोजन और पानी देकर मेरी सहायता की है। यदि इस सुनसान जगह में ये मेरी मदद नहीं करते तो मैं भूखा-प्यासा ही मर जाता।

जब मेरा पेट भर गया तो बौनों के सरदार ने मुझसे हाथ के इशारे

से कुछ कहा। उनके इशारों से मैंने यही अर्थ निकाला किवे मुझे किसी दूसरे स्थान पर ले जाना चाहते हैं। वह स्थान भी थोड़ी ही दूर पर था। मैंने भी बौनों को हाथ के इशारे से समझा दिया कि वे जो कुछ ठीक समझें, वही करें। उनके कुछ भी करने से मुझे कोई आपत्ति नहीं है।

बौनों ने मुझपर जरा भी विश्वास नहीं किया। पहले की तरह मैं अब भी उनका बंदी था। सिर्फ खाना खाने के लिए ही बौनों ने मेरे बंधन ढीले किए थे। उन्होंने पूरी तरह मुझे आजाद नहीं किया। अब वे मुझे अपनी राजधानी ले जाना चाहते थे।

शायद बौने यह समझ रहे थे कि मैं उनके तीर और भालों से डर गया हूँ और पूरी तरह से उनकी दया पर निर्भर हूँ। वे स्वयं को मुझसे अधिक शक्तिशाली समझ रहे थे। उनके दिमाग में मुझसे उन्हें कोई डर नहीं था। उन्होंने दया दिखाते हुए मेरे घावों पर मरहम लगाया। मरहम लगाने से मुझे बहुत चैन मिला। इसके बाद उन्होंने मुझे पीने की दवा दी। मैंने सोचा कि इस दवा से मेरे जख्म जल्दी ठीक हो जाएँगे, इसलिए मैंने वह दवा चुपचाप पी ली।

पीने के बाद मुझे पता चला कि वह कोई नशीला पेय पदार्थ है, जिसके गले से नीचे उतरते ही मेरी आँखें बंद हो गईं और मैं बेहोश होता चला गया।

हजारों घोड़ों वाली गाड़ी

मेरे बेहोश होने के बाद बौनों ने मेरे साथ जो कुछ भी किया, वह मुझे उनके द्वारा ही पता चला। बौने वास्तव में बहुत ही बुद्धिमान थे।

उन्होंने सात फीट लंबी और चार फीट चौड़ी तथा जमीन से छह इंच ऊँची गाड़ी तैयार की, जिसपर लिटाकर वे मुझे राजधानी ले जाना चाहते थे। सैकड़ों बौने मिलकर भी मुझे उठा नहीं सकते थे, इसलिए उनकी परेशानी का कारण यह था कि वे मुझे उठाकर गाड़ी पर किस प्रकार रखें।

जमीन पर सैकड़ों सात-आठ इंच लंबी बल्लियाँ गाड़कर उनकी चोटी पर छोटे-छोटे पहिए लगा दिए। पहियों में रस्सियाँ बाँधकर रस्सी के एक सिरे से मेरे शरीर को सिर से पैर तक बाँध दिया। रस्सी के दूसरे छोर को हजारों बौनों ने मिलकर पूरी शक्ति के साथ जोर लगाकर खींचना आरंभ कर दिया।

जब मैं धीरे-धीरे सरकने लगा तो उन्होंने मुझे गाड़ी पर लाद लिया। इस काम को अंजाम देने के लिए बहुत से होशियार इंजीनियरों ने काम किया, जिसमें बौनों का काफी समय बरबाद हो गया।

मैं हाथ-पैर भी न हिला सकूँ, इसलिए उन्होंने मुझे रस्सी से बाँध दिया। शायद मुझे रस्सी से इसलिए भी बाँध दिया कि यदि मैं गाड़ी से

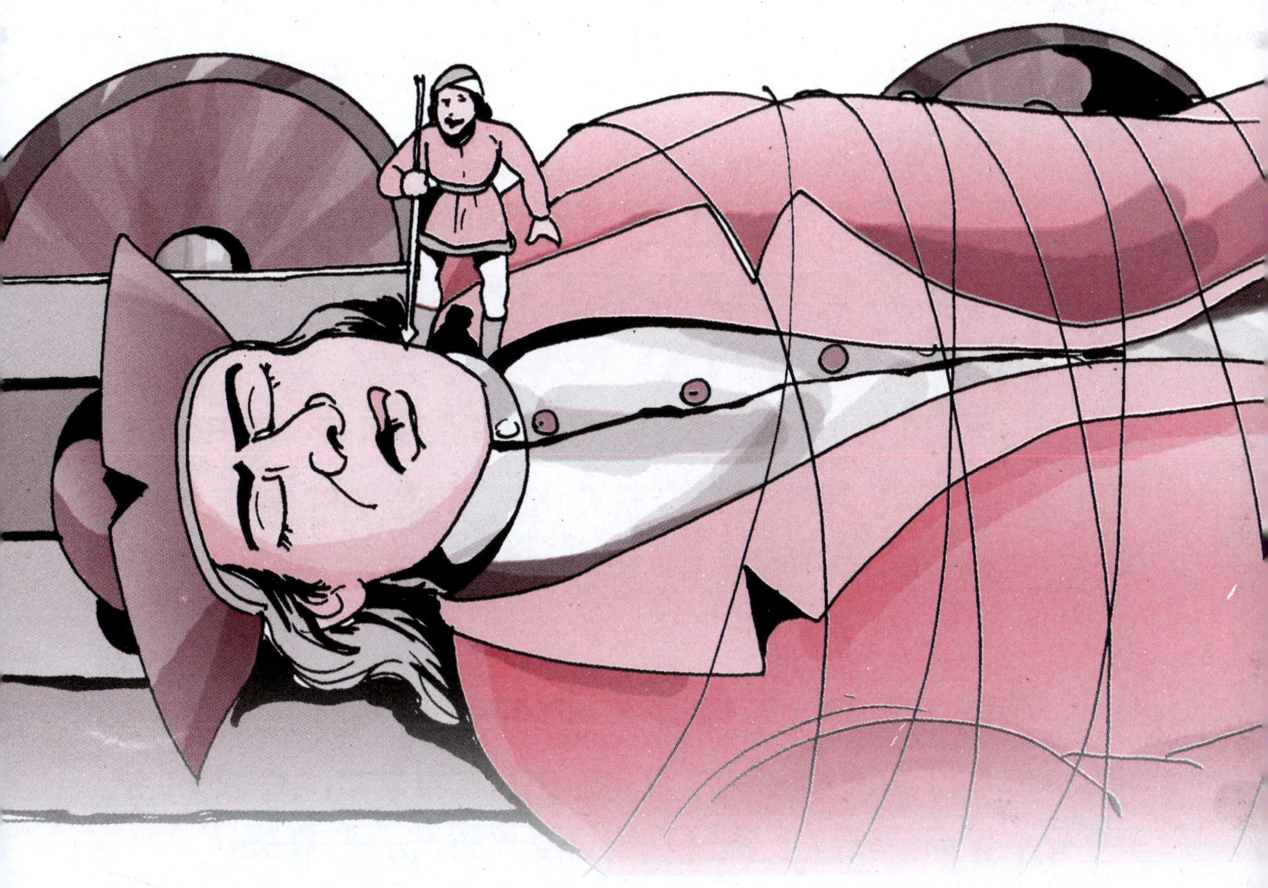

लुढ़क गया तो फिर से मुझे गाड़ी पर लादने में समय बरबाद हो जाएगा।

गाड़ी को चलाने के लिए डेढ़ हजार घोड़ों का प्रयोग किया गया था। वहाँ के घोड़ों की ऊँचाई मात्र चार-पाँच इंच थी। उनकी नई दुनिया को देखकर जितना मैं आश्चर्यचकित था, उतना वे भी मुझे देखकर हैरान थे। उनके लिए मैं एक भीमकाय दानव के समान था।

गाड़ी पर मैं गहरी नींद में सोया हुआ था, सैकड़ों बौनों की नजर मुझपर थी। तभी एक बौने को शरारत सूझी। उसने भाला लेकर मेरी नाक में घुसेड़ दिया। नाक में गुदगुदी होने से मुझे बहुत जोर से छींक आ गई और मेरी नींद खुल गई।

छींक की आवाज सुनकर उन्हें ऐसा लगा जैसे आसमान फट गया हो। इससे उनके दिल दहलने लगे। एक ही क्षण में नन्हे शैतानों में भगदड़ मच गई और वे सब इधर-उधर भाग गए।

मैं फिर सो गया। जब उन्हें इस बात का पता चला कि यह सब मैंने जान-बूझकर नहीं किया तो फिर वे मुझे लेकर आगे बढ़ने लगे। चलते-चलते शाम हो गई तो मेरे जुलूस को एक स्थान पर रोक दिया गया।

जगह-जगह कई तंबू गाड़ दिए और घोड़ों को खोल दिया। उनके पास खाने का जितना भी सामान था, वह मुझे खिला दिया। उस भोजन से मेरी भूख तो शांत नहीं हुई, लेकिन मैंने थोड़े में ही सब्र कर लिया।

मैं सारी रात गाड़ी पर ही सोता रहा। सुबह होते ही घोड़ों को गाड़ी में जोत दिया गया और मेरा जुलूस फिर राजधानी की ओर बढ़ने लगा।

राजधानी में इस बात की सूचना पहले ही पहुँच चुकी थी कि समुद्र तट पर भीमकाय मानव को फौज ने काबू में कर लिया है और उस मानव को राजधानी लाया जा रहा है। जब हम राजधानी पहुँचे तो मुझे देखने के लिए नगर के बाहर बहुत भीड़ जमा हो चुकी थी। मेरे वहाँ पहुँचने का

सबको बेसब्री से इंतजार था। वहाँ पर एक बड़ा मंच बनाया गया था, जिसपर दरबारियों के साथ राजा भी खड़ा था।

जब मेरी गाड़ी मंच के सामने रुकी तो राजा तथा दरबारी सभी आश्चर्यचकित रह गए। कुछ लोग तो मेरे शरीर के आकार को देखकर इतना डर गए कि वे मुझे दूर से ही देख रहे थे। मेरे पास आने की उनमें हिम्मत ही नहीं थी। वे मुझे सिर से पैर तक आश्चर्यचकित नेत्रों से देख रहे थे। इतने बड़े आकार का जीता-जागता आदमी उन्होंने पहले कभी नहीं देखा था। कौतूहलवश उनके मुख से चीख निकलने लगी।

राजा का आदेश मिलते ही सारी जनता अपने-अपने घर को चली गई। केवल कर्मचारी और दरबारी ही वहाँ पर रह गए। अब उनके सामने सबसे बड़ी समस्या थी कि वे मुझे कहाँ रखें? पूरी राजधानी में ऐसी कोई इमारत नहीं थी, जहाँ मेरा विशाल शरीर समा सके। नगर का मुख्य द्वार इतना छोटा था कि उसमें मेरा सिर भी नहीं घुस सकता था। मेरे शरीर की अपेक्षा वहाँ का राजमहल भी बहुत छोटा था।

चिंतित होकर राजा ने मेरे जुलूस को नगर के बाहर ही रोक दिया। नगर के बाहर राज्य की सबसे बड़ी इमारत एक पुराना मंदिर था। वह मंदिर बरसों से सुनसान पड़ा हुआ था। मुझे कुछ बौनों ने बताया कि इस पुराने मंदिर में किसी की हत्या हो गई थी। इसलिए इसे भ्रष्ट समझकर राजा ने यहाँ पूजा करने पर रोक लगा दी। तब से यह मंदिर अपवित्र समझा जाने लगा और यहाँ बौनों ने आना बंद कर दिया।

मंदिर का मुख्य द्वार चार फीट ऊँचा और दो फीट चौड़ा था। उसमें मैं झुककर आसानी से प्रवेश कर सकता था। जमीन से छह इंच की ऊँचाई पर मंदिर के मुख्य द्वार के दोनों तरफ खिड़कियाँ थीं। उन खिड़कियों में उत्तम कारीगरी से युक्त जालियाँ लगी हुई थीं।

राजा का आदेश पाते ही मैं मंदिर के अंदर घुस गया। मंदिर में जाते ही उन्होंने मेरे बंधन इतने ढीले कर दिए कि मैं इधर-उधर घूम सकूँ। हालाँकि उन्होंने मुझे पूरी तरह बंधन मुक्त अब भी नहीं किया था।

मुझे देखने के लिए हजारों की संख्या में लोग इकट्ठे हो चुके थे। चिड़ियाघर में जिस प्रकार बच्चे विचित्र जानवर को देखकर खुश होते हैं, उसी प्रकार वे मुझे आँखें फाड़-फाड़कर देख रहे थे।

असंख्य सैनिकों, अंगरक्षकों और दरबारियों के साथ घोड़े पर सवार होकर राजा मुझसे मिलने के लिए आया। पालकियों में राजपरिवार की स्त्रियाँ और बच्चे थे। वे सभी मुझे देखकर आश्चर्यचकित हो रहे थे। उनकी आन-बान-शान को देखकर मैं भी हैरान था।

शरारती बौने

राजा ने हीरे-पन्नों से जड़ा हुआ सोने का मुकुट पहन रखा था, जिसपर रंग-बिरंगी कलगी लगी हुई थीं। राजा की कमर में म्यान लटक रही थी और हाथ में तीन-चार इंच लंबी तलवार ले रखी थी। तलवार की मूठ पर हीरे-जवाहरात जड़े हुए थे। सभी राजपुरुषों ने कीमती वस्त्र पहन रखे थे।

राजा का स्वर बहुत रोबीला था। वहाँ के लोग पढ़े-लिखे और सभ्य थे। वहाँ की औरतें भी खूब सज-धजकर आई थीं।

राजा का आदेश मिलते ही छोटी-छोटी गाड़ियों में मेरे लिए खाने-पीने का सामान आ गया। एक गाड़ी में करीब दो कौर के बराबर ही खाना था। मैं दो कौर खाने के बाद गाड़ी आगे सरका देता तो तुरंत दूसरी गाड़ी मेरे सामने आ जाती। इस प्रकार मैंने खाने की बीस गाड़ियाँ साफ कर दीं और दस मटके शराब पी गया। राजा और उसके विद्वान् पंडितों ने मुझसे बात करने की बहुत कोशिश की, लेकिन मुझे उनकी बातें जरा भी समझ नहीं आईं। मुझे भी छह-सात भाषाओं का ज्ञान था। मैंने भी उनसे अपनी भाषाओं में बात करने की कोशिश की, लेकिन वे मेरी किसी भी भाषा को न समझ सके।

मुझे देखनेवालों की बढ़ती भीड़ को देखकर मेरे चारों ओर कड़ा

पहरा लगा दिया गया। जिससे लोग मुझे परेशान न करें। जैसे चिड़ियाघर में बच्चे बंदर, भालुओं को देखकर मुँह बनाकर उन पर कंकड़ फेंकते हैं, उसी प्रकार कुछ शरारती लोगों ने मुझे भी तंग करना शुरू कर दिया। वहाँ सभी बौनों के पास हथियार थे। उनके नुकीले भालों के प्रहार से मेरी आँख फूटने से बाल-बाल बची। मुझे महसूस हुआ कि शायद राजा की आज्ञा थी कि मुझे कोई भी परेशान नहीं करेगा, क्योंकि मुझे तंग करनेवाले छह बौनों को पहरेदारों ने पकड़कर रस्सी से बाँध दिया और उन्हें मेरे सामने कर दिया।

यदि मैं चाहता तो उनकी जान ले सकता था। लेकिन मैंने उन्हें धमकाना ही उचित समझा, ताकि वे दोबारा मुझे तंग न करें। मैंने पाँच बौनों को पकड़कर कोट की जेब में डाल लिया और छठे को अपनी हथेली पर खड़ा कर लिया। उस बेचारे की तो डर के मारे बुरी हालत हो गई, वह भय से थर-थर काँपने लगा।

जब मैंने अपनी जेब से चाकू निकाला तो वहाँ खड़े सभी बौनों ने अपनी छाती पर हाथ रख लिया। वे सब सोचने लगे कि अब ये शरारती बौने जीवित नहीं बचेंगे। अब मैं उन बौनों का सिर धड़ से अलग करके ही रहूँगा।

तभी मैंने सभी बौनों को जेब से निकाला और उनके बंधन काटकर जमीन पर छोड़ दिया। आजाद होकर वे सभी बौने वहाँ से भाग गए और चिल्ला-चिल्लाकर मेरी जय-जयकार करने लगे।

धीरे-धीरे दिन गुजर गया और रात होने लगी। राजा ने छह सौ चारपाइयाँ जोड़कर इस तरह बिछवा दीं कि मेरे लिए एक बड़ा पलंग तैयार हो गया। लेकिन जैसे ही मैं उस पलंग पर लेटा, तो कई चारपाइयाँ टूट गईं। वे चारपाइयाँ मेरा बोझ न सँभाल सकीं। मैंने चारपाइयाँ एक ओर कर दीं और पथरीले फर्श पर ही सो गया।

इस प्रकार बहुत दिन बीत गए। राज्य की ओर से अब भी मेरा पूरा ध्यान रखा जाता था। राजा प्रतिदिन यही सोचता रहता कि मेरा क्या करे। सभी दरबारियों की राय मेरे विषय में अलग-अलग थी। एक ने कहा, "महाराज, यह बहुत खाता है। यदि यह यहाँ रहेगा तो हमारे देश में अकाल पड़ जाएगा।"

दूसरे ने कहा, "महाराज, इसे या तो भूखा मार देना चाहिए या इस पर हमला करें और मरने के बाद ठिकाने लगा देना चाहिए।"

तभी एक दरबारी ने कहा, "महाराज, यदि यह मर जाएगा तो हम इसकी लाश को कहाँ ले जाएँगे। और मरने के बाद इसकी लाश सड़ गई तो महामारी फैल जाएगी।"

तभी गुप्तचर ने राजा को बताया कि यह आदमी बहुत दयालु है। पांच अपराधियों को पकड़ने पर भी इसने उन्हें कोई हानि नहीं पहुँचाई और आजाद कर दिया।

मेरे सद्व्यवहार की चर्चा सुनकर राजा ने मुझे जीवित रखने का निश्चय कर लिया। राजा की ओर से छह सौ नौकर मेरी सेवा के लिए

छोड़े गए। चालीस भेड़ें और छह बैलों का प्रबंध मेरे लिए शाही खजाने से किया गया, ताकि मैं भूखा न रह सकूँ। इसके अतिरिक्त कोई भी नागरिक मुझे भोजन दे सकता था। तीन सौ दरजी मेरी वहाँ की पोशाक बनाने में जुट गए। छह बड़े प्रकांड पंडित मुझे वहाँ की भाषा सिखाने लगे।

मुझे वैसे भी नई-नई भाषाएँ सीखने का बड़ा शौक था। मुझे अपनी भाषा के अलावा आधा दर्जन यूरोपीय भाषाएँ पहले से ही आती थीं। मैंने मेहनत और लगन से कुछ ही दिन में इस विचित्र भाषा का ज्ञान प्राप्त कर लिया। अब मैं उनकी बात समझ लेता था और वे मेरी बात।

एक दिन राजा मुझसे मिलने आया तो मैंने प्रार्थना की कि मुझे आजाद कर दो।

राजा ने कहा, ''तुम पहले दरबारियों को प्रसन्न करो, उसके बाद मैं इस विषय में दरबारियों से बात करूँगा। दरबारियों की इच्छा के विरुद्ध मैं कुछ नहीं कर सकता।''

राजा का दस्तावेज

मैंने महाराज से अपनी आजादी के लिए कई बार प्रार्थना की, लेकिन महाराज ने मेरी प्रार्थना पर ध्यान नहीं दिया। एक दिन महाराज को मुझ पर दया आ गई। महाराज ने मुझे आजादी तो दी, लेकिन कई शर्तों का पालन करने के लिए मुझसे शपथ लेने के लिए कहा।

महाराज ने एक बड़ा दस्तावेज तैयार कराया। उसमें सभी शर्तें लिखी थीं। दस्तावेज में मुझे 'पर्वत पुरुष' कहकर संबोधित किया गया था। दस्तावेज में नौ धाराएँ थीं, जिनका पालन करना मेरे लिए अनिवार्य था :

1. राजा की आज्ञा के बिना 'पर्वत पुरुष' देश की सीमा के बाहर नहीं जा सकता।
2. शाही हुक्म के बिना यह किसी भी शहर में नहीं घुस सकता, कहीं भी आने-जाने से दो घंटे पहले बादशाह को सूचना देना अनिवार्य है, ताकि इसके आने से दो घंटे पहले चेतावनी देकर सड़कों को खाली करा सकें।
3. किसानों की फसलें नष्ट न हों, इसलिए 'पर्वत पुरुष' खेत या चरागाह में नहीं जा सकता। यह हमेशा बस्ती से बाहर ही रह सकता है।

4. 'पर्वत पुरुष' न तो हमारे घोड़ा-गाड़ियों को कोई हानि पहुँचाएगा और नहीं किसी देशवासी को तंग करेगा। किसी भी नागरिक को यह अपने हाथ पर नहीं उठाएगा।
5. यदि कहीं जल्दी सूचना भेजनी हो तो यह हमारे हरकारे को अपनी जेब में रखकर उस स्थान पर पहुँचाने में हमारी सहायता करेगा।
6. 'पर्वत पुरुष' शत्रु के जहाजी बेड़े को हमारी ओर से हानि पहुँचाएगा और युद्ध के समय हमारी सहायता करेगा।
7. 'पर्वत पुरुष' पत्थर ढोने और मकान बनवाने में मजदूरों की सहायता करेगा।
8. हमारे देश का चक्कर लगाकर एक नक्शा बनाएगा और समुद्र तट की लंबाई नापेगा।
9. यदि 'पर्वत पुरुष' हमारी शर्तों का पालन करेगा तो इसे राजा से मिलने की पूरी आजादी होगी। प्रतिदिन 1728 देशवासी जितना भोजन खाते हैं, उतना ही भोजन 'पर्वत पुरुष' को दिया जाएगा।

नौ सेना का कप्तान मेरे विरुद्ध था, इसलिए मुझे दस्तावेज की सारी शर्तें माननी पड़ीं। इसके बाद मेरे बंधन खोलकर मुझे आजाद कर दिया गया।

लिलिपुट के उत्तर-पूर्व में एक छोटे द्वीप पर ब्लेफुस्कू साम्राज्य बसा हुआ था। आठ सौ गज की चौड़ी खाड़ी ब्लेफुस्कू और लिलिपुट के

बीच में है। दोनों देशों में बड़ी दुश्मनी थी। शत्रु के जहाज स्थिति को जानने के लिए खाड़ी में बराबर चक्कर लगाते रहते थे। दुश्मनी के कारण एक देश की बात दूसरे देश में पहुँचना असंभव थी।

बादशाह ने मुझे बताया कि बंदरगाह पर शत्रु के जहाजों ने लंगर डाल रखा है। वे मौसम ठीक होने की प्रतीक्षा कर रहे हैं। जैसे ही मौसम अच्छा होगा, वे हमारे ऊपर आक्रमण कर देंगे। तभी मैंने शत्रु के जहाजी बेड़े को पकड़ने का निश्चय किया।

शत्रुओं से रक्षा

खाड़ी की गहराई के विषय में मैंने लिलिपुट के मल्लाहों से पता लगाया कि उसकी गहराई हमारी नाप के हिसाब से लगभग छह फीट थी। इतनी गहराई को पार करने में मुझे कोई कठिनाई नहीं थी।

एक दिन मैं उत्तर-पूर्व के किनारे से ब्लेफुस्कू की ओर चल दिया। एक पहाड़ी के पीछे छिपकर मैं शत्रु की दिशा में देखने लगा। मैंने देखा कि कुछ जहाजों में सामान भरा था और कुछ लड़ाकू जहाज भी थे।

सारी स्थिति को देखकर मैं वापस आया और सैनिकों से मजबूत रस्सी और लोहे की छड़ें माँगी। सैनिकों ने रस्सी की जगह मजबूत डोरी और लोहे की छड़ों के स्थान पर बुनाई की सलाइयाँ लाकर दीं। मैंने डोरी को मजबूत करने के लिए तिहरा-चोहरा बट लिया और तीन-चार सलाइयों को लपेटकर मजबूत करके उनके सिरे मोड़ लिये। इसके बाद इन सलाइयों को पचास रस्सियों में कमंद की तरह बाँध लिया। जूते-मोजे उतारकर शत्रु के जहाज को पकड़ने के लिए मैं खाड़ी में उतर गया। यद्यपि पानी तेज गति से बह रहा था, लेकिन खाड़ी की गहराई कम होने के कारण मैं शीघ्र ही उस पार पहुँच गया।

जब शत्रु के सिपाहियों ने मुझे देखा तो वे डर गए और अपने जहाजों से कूदकर तेजी से किनारे की ओर भाग गए। शत्रु के तीस हजार

सिपाहियों ने किनारे पर पहुँचकर मेरे ऊपर तीरों की वर्षा कर दी। मेरे हाथ, छाती और चेहरे पर छोटे-छोटे तीर चुभने लगे। मैंने उनके जहाजों में एक-एक कमंद फँसाकर सब रस्सियों को इकट्ठा करके एक हाथ में पकड़ लिया।

शत्रु के तीर बहुत पैने थे। चश्मा पहना हुआ होने के कारण तीर

मेरी आँखों में नहीं चुभ सके। वे लगातार तीरों की वर्षा करते रहे और मैं उनके जहाजों को समेटता रहा। सभी जहाज लंगर डाले हुए थे और मजबूत रस्सियों के सहारे किनारे पर खूँटों से बँधे थे। मैंने उन जहाजों को बाँधकर खींचने की कोशिश की, लेकिन वे अपनी जगह से तनिक भी न हिले। मैंने देखा कि जहाजों के पीछे किनारे पर खड़े हजारों सैनिक मुझ पर तीरों की वर्षा कर रहे हैं। तभी मैंने अपनी जेब से चाकू निकाला और उनकी ओर चलने लगा। मेरे हाथ में खुला चाकू देखकर सारे सिपाही डरकर भाग गए।

शत्रु लगातार मेरे ऊपर तीर बरसाते रहे और मैंने उनकी परवाह किए बगैर सभी जहाजों के लंगर काट दिए। जल्दी से शत्रु के पचास जहाज बाँधकर उन्हें सामने से खींचने लगा। जब शत्रु के सिपाहियों ने देखा कि मैं उनके जहाज खींचकर दूसरी ओर ले जा रहा हूँ तो वे चीखने लगे। सिपाहियों ने अब मेरे ऊपर तीरों की वर्षा और भी तेज कर दी। लेकिन अब मैं उनके तीरों की पहुँच से बहुत दूर निकल आया था। मैंने अपना चश्मा उतारकर जेब में रख लिया और अपने किनारे की ओर चलने लगा।

जब मैं शत्रु के जहाजों को लिलिपुट के किनारे लाया तो महाराज और दरबारी बहुत खुश हुए। मेरी सफलता को देखकर बादशाह ने आगे बढ़कर मेरा स्वागत किया और अपने राज्य का सबसे बड़ा खिताब 'नारडैक' प्रदान किया। मैं बादशाह को सलाम करके एक ऊँचे पत्थर पर बैठ गया।

बादशाह की आज्ञा से कई वैद्य मेरा इलाज करने में जुट गए। असंख्य सैनिकों और वैद्यों ने मेरे हाथ-पैर तथा वस्त्रों में फँसे हुए तीरों को निकाला और जख्मों पर लेप लगाया।

महाराज ने मुझसे कहा, ''मैं तुम्हारी सहायता से शत्रु के राज्य को अपने राज्य में मिलाना चाहता हूँ। शत्रु को जीतना मेरा बहुत पुराना सपना है, यदि एक बार तुम शत्रु के सारे जहाज पकड़कर ले आओगे तो मुझे बहुत खुशी होगी।''

मैंने महाराज से स्पष्ट शब्दों में कह दिया, ''किसी भी देश को अकारण ही मैं आपका गुलाम नहीं बना सकता। इस विषय पर हम फिर कभी बात करें तो अच्छा होगा।''

जब मैंने महाराज का विरोध किया तो उन्हें बहुत क्रोध आया। उस समय तो महाराज कुछ नहीं बोले। मैंने उनके चेहरे को देखकर यह अनुमान लगा लिया कि इस गलती के लिए वे मुझे कभी माफ नहीं करेंगे।

दुर्भाग्य से मेरे बहुत सारे दुश्मन दरबार में उपस्थित थे। वे मेरे खिलाफ महाराज को भड़काने लगे। दरबारी मेरे खिलाफ षड्यंत्र रचकर मुझे सजा दिलाने की नई-नई योजनाएँ बनाने लगे।

कुछ दिन बाद मैं शत्रु के सारे जहाजों को पकड़ लाया, तब वहाँ का दूत अपने बादशाह का संदेश लेकर लिलिपुट आया। शत्रु का दूत शांति का संदेश लेकर आया था। बादशाह ने कुछ शर्तों पर शत्रु से संधि

कर ली। संधि हो जाने के बाद पाँच सौ नौकरों के साथ शत्रु के छह राजदूत लिलिपुट में आए।

जब शत्रु के राजदूतों को यह पता चला कि उनके देश पर होने वाले आक्रमण का मैंने विरोध किया था, तो बहुत खुश हुए और स्वयं मुझसे मिलने आए। उन्होंने मुझे अपने देश में आने का निमंत्रण भी दिया। मेरे करतब देखकर वे बहुत खुश हुए। मैंने उनसे कहा, "अपने बादशाह को मेरा नमस्कार कहना। अपने देश लौटने से पहले मैं तुम्हारे देश में जरूर आऊँगा।"

जब मैंने बादशाह से ब्लेफुस्कू जाने की अनुमति माँगी तो उन्हें अच्छा नहीं लगा। खजांची और नौ सेना के कप्तान ने मेरे खिलाफ महाराज को खूब भड़काया था। न चाहते हुए भी बादशाह ने मुझे ब्लेफुस्कू जाने की अनुमति दे दी।

देशद्रोही की सजा

जब भी शत्रुओं को मौका मिलता, वे बादशाह को मेरे विरुद्ध भड़काते रहते थे। मैं अपने जीवन में कभी भी बादशाह के दरबार में नहीं गया था। इसलिए दरबार में उठने-बैठने के तरीके से भी अनजान था। दरबार के रीति-रिवाजों का पालन करने में मुझसे गलती हो जाती थी और शत्रुओं को बादशाह के कान भरने का मौका मिल जाता था।

मैं ब्लेफुस्कू जाने की तैयारी कर रहा था कि एक दरबारी मुझसे मिलने आया। वह मेरा शुभचिंतक था। उसने अपनी पालकी को चारों ओर कपड़े से ढक रखा था। उसने पालकी उठाने वालों को लौटा दिया और मुझसे एकांत में बातें करने की इच्छा प्रकट की। मैंने पालकी सहित उस दरबारी को अपनी जेब में छिपा लिया और अपने नौकरों को आराम करने के लिए भेज दिया।

नौकरों के चले जाने के बाद मैंने उस दरबारी को अपनी जेब से बाहर निकाला और बातें करने लगा। वह दरबारी बहुत घबराया हुआ था। उसने मुझे बताया-"बादशाह ने आपको देशद्रोह के लिए अपराधी मानकर आपकी दोनों आँखें फोड़ने की सजा निश्चित की है। तीन घंटे बाद बादशाह के हुक्म से आपकी आँखें फोड़ दी जाएँगी।" इतना कहकर वह दरबारी चला गया।

मुझे सजा के विषय में सुनकर बहुत दुःख हुआ। मैं अपने मन में यही सोच रहा था कि मैंने लिलिपुट के बादशाह और वहाँ की जनता का कभी बुरा नहीं किया, फिर मुझे सजा देने का क्या कारण है?

मैंने एक दरबारी मित्र को पत्र लिखकर सूचित कर दिया कि मैं बादशाह की अनुमति से ब्लेफुस्कू जा रहा हूँ। इसके बाद मैं तुरंत ब्लेफुस्कू के लिए रवाना हो गया।

मैंने शीघ्र ही लिलिपुट के शाही बेड़े के सबसे बड़े जहाज को खोल लिया और उसे खींचता हुआ ब्लेफुस्कू द्वीप के किनारे पहुँच गया। ब्लेफुस्क पहुँचते ही बादशाह और दरबारियों ने घोड़े से उतरकर मेरा स्वागत किया। मैंने भी सबको झुककर सलाम किया। मैंने बादशाह को बताया कि मैं ब्लेफुस्कू शहर को देखने के लिए अपनी इच्छा से यहाँ आया हूँ। बादशाह ने मेरे साथ अपने दो आदमियों को भेज दिया, ताकि वे मुझे शहर अच्छी तरह से दिखा सके।

राजधानी घूमने के बाद सैनिक मुझे एक ऐसे स्थान पर ले गए, जहाँ बादशाह और दूसरे दरबारी पहले से ही मेरी प्रतीक्षा कर रहे थे। वहाँ भी मेरा स्वागत-सत्कार किया गया। उन्होंने मुझे ऐसे स्थान पर ठहराया, जो बहुत ही छोटा था। वहाँ मुझे जमीन पर सोकर ही रात बितानी पड़ी। एक दिन मैं द्वीप के उत्तरी-पूर्वी किनारे पर टहल रहा था कि समुद्र की लहरों पर मैंने किसी चीज को हिलते हुए देखा।

मैं तुरंत अपने जूते-मोजे उतारकर समुद्र में कूद पड़ा और उसी

चीज की ओर बढ़ने लगा। तीन सौ गज आगे जाने पर पता चला कि वह एक नाव थी, जो किसी जहाज से छूट गई थी। मैंने सोचा कि अपने देश लौटते समय यह नाव मेरे बहुत काम आएगी, इसलिए मैं उसे धक्का देकर किनारे पर लाने की कोशिश करने लगा। वह नाव इतनी भारी थी कि मेरे जैसे दो शक्तिशाली आदमी भी उसे नहीं धकेल सकते थे।

मैंने बादशाह से प्रार्थना की कि मुझे बीस जहाज और तीन हजार आदमी दे दीजिए, ताकि उनकी सहायता से मैं नाव को किनारे पर ला सकूँ।

बादशाह ने तुरंत जहाज और आदमी मुझे दे दिए। हम सब शीघ्र ही नाव के पास पहुँच गए। हम अपने साथ मजबूत रस्सियाँ लेकर गए थे। हमने रस्सी को नाव में बाँध दिया और सब मिलकर पूरी शक्ति के साथ नाव को खींचने लगे। नाव बहुत भारी थी, इसलिए उसे खींचने में बहुत कठिनाई हो रही थी।

भगवान् की कृपा से तभी हवा का रुख बदल गया और जिस दिशा में हम नाव खींच रहे थे, हवा भी उसी ओर चलने लगी। तब हम नाव को आसानी से खींचकर किनारे पर ले आए।

नाव को देखने के लिए हजारों की संख्या में लोग इकट्ठा हो चुके थे। नाव बुरी तरह से क्षतिग्रस्त थी। मैंने नाव को ठीक कराने के लिए प्रार्थना की तो बादशाह तुरंत मान गए। उन्होंने नाव को ठीक कराने का प्रबंध कर दिया।

मैं भी इन लोगों से पीछा छुड़ाकर अपने देश जाना चाहता था। मैंने बादशाह से अपने देश लौटने के लिए कहा। बादशाह ने मुझे आश्वासन दिया कि वे शीघ्र ही मुझे अपने देश लौटने की अनुमति देंगे।

उधर लिलिपुट का बादशाह मेरे लौटने का इंतजार कर रहा था। बहुत दिन बीत जाने पर भी जब मैं लिलिपुट नहीं पहुँचा तो बादशाह को

संदेह होने लगा। बादशाह ने दरबारियों से सलाह करके अपना एक दूत ब्लेफुस्कू के पास भेज दिया। उन्होंने एक पत्र ब्लेफुस्कू के बादशाह के पास भिजवाया था, जिसमें लिखा था–पर्वतपुरुष वास्तव में हमारे देश का रहने वाला है। हमारे यहाँ से भागकर वह आपके देश में पहुँच गया है। हम आपकी दयालुता और वीरता की प्रशंसा करते हैं। हमने उसे अपराधी घोषित करके उस पर दया दिखाते हुए दोनों आँखें फोड़ने की सजा भी दी थी। वह बहुत चालाक है, उसने सजा से बचने के लिए आपके देश में शरण ली है, यदि वह दो घंटे के अंदर लिलिपुट लौटकर नहीं आया तो उसे देशद्रोही घोषित कर दिया जाएगा। हम आपसे प्रार्थना करते हैं कि यदि वह अपनी इच्छा से लिलिपुट वापस नहीं आता है तो उसके हाथ-पैर बाँधकर लिलिपुट भेजने का कष्ट करें।''

इस पत्र को पढ़कर ब्लेफुस्कू के बादशाह ने अपने दरबारियों से सलाह करके एक पत्र लिलिपुट के बादशाह के पास भिजवा दिया, जिसमें लिखा था–''पर्वतपुरुष को अपनी इच्छा के अनुसार हम बंदी बनाकर आपके पास नहीं भेज सकते। उसके कारण हमारी शत्रुता समाप्त होकर मित्रता में बदल गई है। इसलिए आप उसे अपराधी मानने की भूल न करें। यद्यपि वह हमारा भी बहुत नुकसान कर चुका है, लेकिन फिर भी हम उसे क्षमा करते हैं।''

ब्लेफुस्कू के बादशाह ने अपने पत्र में मेरी ओर से लिख दिया कि मैं भी अपने देश वापस जा रहा हूँ और उम्मीद करता हूँ कि मेरे जाने के

बाद दोनों देश शांतिपूर्वक रहेंगे।

ब्लेफुस्कू के बादशाह ने मुझसे कहा था कि यदि मैं वहीं रह जाऊँ तो वे मेरी सुरक्षा की जिम्मेदारी लेने को तैयार हैं और भविष्य में कभी भी भोजन की कमी नहीं होने देंगे।

मैं बौनों के देश में रहकर दो देशों में शत्रुता का कारण नहीं बनना चाहता था। इसलिए मैंने अपने देश लौटना ही उचित समझा। मैंने बादशाह से क्षमा माँगकर अपने देश लौटने की प्रार्थना की।

ब्लेफुस्कू के बड़े-बूढ़े और दरबारियों की यही इच्छा थी कि मैं अपने देश वापस लौट जाऊँ।

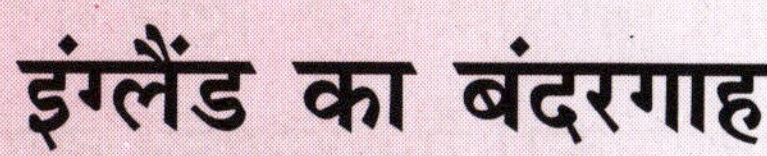

इंग्लैंड का बंदरगाह

24 दिसंबर, 1701 को सुबह छह बजे अपनी नाव में बैठकर मैं ब्लेफुस्कू द्वीप से अपने देश के लिए चल दिया। अब मुझे बौनों की इस दुनिया से मुक्ति मिल गई। पूरा दिन यात्रा करने के बाद मुझे एक टापू दिखाई दिया। मैंने मन-ही-मन निश्चय कर लिया कि आज की रात इसी टापू पर बिताऊँगा।

पूरे दिन की लगातार यात्रा के कारण मैं बुरी तरह से थक चुका था। मैं आराम करना चाहता था। मुझे जोरों से भूख भी लग रही थी।

मैं कुछ ही देर में उस वीरान टापू पर पहुँच गया। वहाँ इनसानी जीव होने का मुझे एक भी चिह्न दिखाई नहीं दे रहा था। मैंने नाव को किनारे पर रोक दिया और भोजन लेकर किनारे पर चला गया। वहाँ मैंने हाथ-मुँह धोकर खाना खाया और आराम करने के लिए जमीन पर ही लेट गया। कुछ ही देर में मुझे नींद आ गई।

मेरी घड़ी तो लिलिपुट के बादशाह के पास ही रह गई थी। सुबह जब मैं सोकर उठा तो मैंने अनुमान लगाया कि उस समय सुबह के पाँच बजे थे। मैंने नाश्ता करके फिर से अपनी यात्रा आरंभ कर दी। गहरे समुद्र में मैं तेजी से आगे बढ़ता ही जा रहा था।

दूसरे दिन दोपहर तीन बजे मुझे समुद्र में एक और नाव दिखाई दी।

नाव को रोकने के लिए मैंने जोर-जोर से आवाजें लगाईं, किंतु वह नाव नहीं रुकी। मैंने अनुमान लगाया कि शायद मेरी आवाज ही उस नाव तक नहीं पहुँच रही होगी।

संयोग से हवा का रुख उसी की ओर था। मैं तेजी से नाव खेता हुआ उसकी ओर बढ़ा तो मैंने देखा कि वह तो जहाज था।

जहाज के कप्तान ने मुझे देख लिया। उसने दो-तीन नाव मेरी ओर भेज दीं। जब नाव मेरे पास आईं तो मैंने देखा कि उन नावों में मेरे देश के मल्लाह बैठे थे।

अपने जैसे आदमियों को देखकर मेरी प्रसन्नता का ठिकाना नहीं था। जहाज पर इंग्लैंड का झंडा लहरा रहा था। वे लोग भी मुझसे मिलकर बहुत प्रसन्न हुए।

मैंने अपना मांस, भेड़ और दूसरा सामान जेब में रख लिया और उस जहाज पर चढ़ गया। इस जहाज पर मैंने कई दिन तक यात्रा की। यहाँ पर मुझे किसी भी परेशानी का सामना नहीं करना पड़ा। कई दिनों की यात्रा के बाद इंग्लैंड के बंदरगाह पर हमारा जहाज पहुँच गया। तब मेरी लिलिपुट की रोमांचक यात्रा समाप्त हो गई।

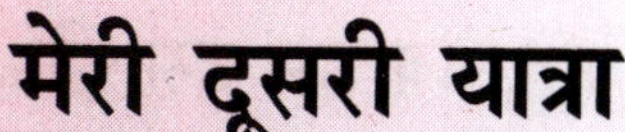

मेरी दूसरी यात्रा

अपने देश लौटने पर मैंने सोचा कि अब मुझे कोई काम कर लेना चाहिए। खाली बैठे तो समय नहीं कटता, फिर जिंदगी गुजारने के लिए पैसों की जरूरत भी पड़ती है।

एक दिन मेरी कोशिश सफल हुई और 'एडवेंचर' नाम के जहाज पर मुझे नौकरी मिल गई। वह जहाज हिंदुस्तान के लिए रवाना हुआ। हमारा जहाज अफ्रीका महाद्वीप के किनारे-किनारे चलता रहा। कुछ दिन तो यात्रा बड़ी सुखद रही। मुझे भी यात्रा में बड़ा मजा आ रहा था।

कुछ दिन बाद जहाज अफ्रीका के दक्षिणी सिरे पर स्थित गुडद्वीप अंतरीप के समीप पहुँच गए। विवश होकर हमें वहाँ रुकना पड़ा, क्योंकि हमारे पास पीने का पानी समाप्त हो चुका था। हमने सोचा कि किसी नदी या झरने से पानी भरकर फिर आगे बढ़ेंगे। संयोग से जहाज में छेद हो जाने के कारण उसकी मरम्मत करनी भी बहुत जरूरी थी। इसलिए हमें कुछ दिन वहीं पर रुकना पड़ा। सारी बातें सोचकर हमने वहीं पर पड़ाव डाल दिया।

हमने जहाज का सारा सामान उतारकर उसकी अच्छी तरह से मरम्मत कराई। जहाज ठीक हो जाने के बाद हमारा कप्तान बीमार हो गया और हमें कुछ दिन के लिए वहीं पर रुकना पड़ा। जब कप्तान पूरी तरह से स्वस्थ हो गया तो हमने अपनी यात्रा फिर से आरंभ कर दी।

मैडागास्कर जलडमरूमध्य तक हमारी यात्रा बहुत आनंदमयी रही,

किंतु जब हम उस द्वीप के उत्तर की ओर बढ़ने लगे तो अचानक भयंकर तूफान आ गया। पहले तेज हवाएँ चलनी आरंभ हुईं, फिर उन हवाओं ने तूफान का रूप धारण कर लिया।

पहले तो हवाएँ उत्तर से दक्षिण की ओर चल रही थीं, लेकिन दो सप्ताह बाद हवाओं ने अपना रुख बदला और हम पूर्व की ओर बढ़ने लगे। हवाओं के विरुद्ध तो जहाज आगे नहीं बढ़ सकता था, इसलिए अब हमारा जहाज तूफानी हवाओं के सहारे ही चल रहा था। रास्ता भूलकर हमारा जहाज न जाने कहाँ पहुँच गया। अब जहाज पर हमारा जरा भी नियंत्रण नहीं रहा था।

एक आदमी जहाज के सबसे ऊँचे मस्तूल पर हमेशा पहरा देता था। उसका काम था, यदि कोई टापू दिखाई दे तो तुरंत कप्तान को सूचित करे। एक दिन उसे जमीन दिखाई दी और उसने इसकी सूचना कप्तान को दी। कप्तान ने जहाज को उसी ओर मोड़ लिया।

जैसे ही हमारा जहाज किनारे पर पहुँचा तो हम जल्दी-जल्दी जहाज से नीचे उतर गए। हमने देखा कि वह बड़ी ही विचित्र जगह थी। दूर तक भी किसी बस्ती का नामोनिशान नहीं था। कोई नदी या झरना भी हमें दिखाई नहीं दे रहा था।

पानी की खोज में मैं एक मील तक चला, लेकिन मुझे पत्थर और पहाड़ों के अलावा कुछ भी दिखाई नहीं दिया। वहाँ पर बहुत ऊँचे पहाड़ थे, इसलिए मैं वापस लौटकर समुद्र पर आ गया।

विशालकाय मनुष्यों का देश

समुद्र पर लौटकर मैंने देखा कि मेरे सभी साथी जहाज की ओर तेजी से भाग रहे हैं। मैंने आवाज देकर उन्हें रोकने की कोशिश भी की, लेकिन उन्होंने मेरी आवाज पर कोई ध्यान नहीं दिया। जब वे सब जल्दी-जल्दी जहाज पर चढ़ गए तो कप्तान ने जहाज चलाना आरंभ कर दिया।

तभी मैंने पहाड़ के समान लंबे-चौड़े आदमी को देखा। वह आदमी समुद्र के अंदर अकेला ही जहाज के पीछे भाग रहा था। वह आदमी इतने विशाल शरीर का था कि उसे देखकर ऐसा लग रहा था, जैसे कोई पहाड़ हो। वह आदमी आधा किलोमीटर तक समुद्र में घुस चुका था, तब भी पानी उसके घुटनों से ऊपर नहीं था। यह देखकर आप उसके शरीर की विशालता का अनुमान लगा सकते हैं।

उसे देखकर मेरी घिग्घी बँध गई और चिल्लाने पर भी मेरे मुँह से कोई आवाज नहीं निकली। जहाज बहुत दूर निकल चुका था। इसलिए वह राक्षस थोड़ी दूर चलकर ही रुक गया। अब शिकार उसके हाथ से निकल चुका था।

उस विशाल आदमी को मैं पत्थर का बुत बनकर देखता ही रहा। मेरे दिमाग ने काम करना बंद कर दिया था। मैं समझ नहीं पा रहा था कि

अब मैं क्या करूँ। मैंने मुड़कर देखा कि वह वापस आ रहा था। भयभीत होकर मैं तेजी से भागने लगा और एक पहाड़ पर चढ़ गया। मैंने देखा कि वहाँ पर लंबे-लंबे खेत थे। जहाँ पर खेती होती थी। वहाँ पर बीस फीट से भी लंबी घास थी। जिसे देखकर मुझे आश्चर्य हुआ।

धीरे-धीरे चलकर मैं एक जौ के खेत में चला गया। वहाँ पर एक बहुत चौड़ी सड़क थी, जो उस भीमकाय आदमी के लिए एक पगडंडी के समान थी। वहाँ की सभी चीजों को देखकर मुझे बहुत आचश्र्य हो रहा था। वहाँ की सभी चीजें हमसे कई गुना बड़ी थीं। मुझे समझ में नहीं आ रहा था कि मैं कहाँ आ गया हूँ। पेड़ों की ऊँचाई इतनी अधिक थी कि उनकी फुनगी मुझे दिखाई नहीं दे रही थी। उस खेत के आखिरी किनारे तक पहुँचने के लिए मुझे एक घंटे तक लगातार चलना पड़ा।

सौ फीट ऊँची झाड़ी का एक घेरा उस खेत के चारों ओर बना हुआ था। एक खेत से दूसरे खेत में जाने के लिए एक पुलिया बनी हुई थी। मैं उस पुलिया को पार करना चाहता था, लेकिन उसे पार करना असंभव था। पुलिया में तीन सीढ़ियाँ बनी हुई थीं और एक सीढ़ी की ऊँचाई लगभग छह फीट थी। सबसे ऊँचा पत्थर जमीन से बीस फीट की ऊँचाई पर था। इस पत्थर पर चढ़ना मेरे लिए नामुमकिन था। अब मैं झाड़ियों को बहुत अच्छी तरह से देख रहा था कि शायद मुझे कोई रास्ता मिल जाए।

तभी मैंने दो दैत्याकार आदमियों को पुलिया की ओर आते हुए

देखा। उनकी लंबाई किसी गिरिजाघर के गुंबद से भी अधिक थी। उन दोनों का एक-एक कदम दस गज से अधिक लंबा था। जब मैंने उनका आकार देखा तो भय से काँपने लगा।

उनसे बचने के लिए मैं जौ के पौधों के पीछे जाकर छिप गया। मैंने देखा कि वे दोनों दैत्याकार आदमी पुलिया पर आकर खड़े हो गए। पास में एक खेत था, जिसमें कुछ आदमी काम कर रहे थे। दैत्याकारों ने खेत

में काम करने वाले मजदूरों को आवाज लगाई। आवाज सुनते ही सभी मजदूर पुलिया पर आकर खड़े हो गए। उनकी आवाज ऐसी थी जैसे कोई बिजली कड़क रही हो। उनकी आवाज को सुनकर मैं थर-थर काँपने लगा। उनके शरीर पर फटे-पुराने कपड़े और हाथों में घास काटने वाले हँसिए थे। वे हँसिए इतने बड़े थे कि उनसे एक बार में कई पौधे एक साथ काट लेते थे। कुछ मजदूर, जो फसल काट चुके थे, उसे बेलचों में भरकर एक ओर डाल रहे थे।

उन दैत्याकार आदमियों से बचने के लिए मैं उन्हीं के खेत में जाकर छिप गया, जहाँ फसल को काटा जा रहा था। हँसिए से बचने के लिए मैं पीछे-पीछे हटता हुआ ऐसे स्थान पर पहुँच गया, जहाँ कुछ पौधे वर्षा के कारण जमीन में गिरे पड़े थे। आँधी और वर्षा के कारण पौधे आपस में इतने उलझ गए थे कि मैं और पीछे नहीं हट सकता था। जमीन पर पड़ी हुई जौ की बालियाँ इतनी अधिक थीं कि उनके काँटे मेरे शरीर में चुभकर मेरे वस्त्रों को भी फाड़ रहे थे। इसलिए मैंने जौ के एक पौधे के तने का सहारा लिया और आराम करने के लिए बैठ गया।

वैसे तो मजदूर मुझसे बहुत दूर थे, लेकिन वे जौ काटते-काटते मेरी ओर ही आ रहे थे। मुझे अब अपना बचना मुश्किल दिखाई दे रहा था। अब मुझे अपनी मृत्यु का भय सताने लगा। अपनी पत्नी और बच्चों को याद करके मुझे रोना आ रहा था। मैं सोच रहा था कि मेरे मरने के बाद मेरी पत्नी विधवा और बच्चे अनाथ हो जाएँगे। अब मुझे वह मनहूस दिन

याद आ रहा था, जब मैंने अपने मित्रों के मना करने के बाद भी जहाज पर नौकरी की थी। मैं पछता रहा था कि मैंने अपने मित्रों की बात नहीं मानी और समुद्री यात्रा पर चला आया। यदि मैं अपने मित्रों की बात मान लेता तो मुझे शायद यह दिन नहीं देखना पड़ता। मैंने यह सोचकर संतोष कर लिया कि मेरी मृत्यु ही मुझे यहाँ खींचकर लाई है।

अब मेरे मन में अनेक प्रश्न उठ रहे थे। मैं सोच रहा था कि लिलिपुट में मुझे संसार का आश्चर्यचकित प्राणी समझा गया, जिसने उनके पचास जहाजों को एक साथ खींचकर एक नया इतिहास रच डाला। मेरे न जाने कितने काम लिलिपुट के इतिहास में अमर हो चुके थे। परंतु इस द्वीप पर सारी बातें लिलिपुट से विपरीत थीं।

दहशत भरे पल

लिलिपुट के निवासी मेरे लिए जितने छोटे थे, यहाँ के निवासियों के लिए मैं उतना ही छोटा था। यहाँ के लोग मेरे लिए 'इनसानी पहाड़' थे, तो यहाँ के लोगों के लिए मेरा कोई वजूद नहीं था। वे चाहते तो मुझे एक ही पल में कच्चा चबा सकते थे। मुझे चींटी की तरह मसलने में उन्हें जरा भी देर नहीं लगती। लिलिपुट निवासी यह कभी नहीं मानेंगे कि उनका पर्वतपुरुष दूसरे दैत्याकार आदमियों के हाथों मारा जा चुका है।

मैं डरा-सहमा सा अपने विचारों में खोया हुआ था कि एक दैत्याकार आदमी जौ काटता हुआ बिलकुल मेरे पास ही आ गया। मैंने देखा कि उस दैत्याकार आदमी का पैर एक बड़ी भारी चट्टान के समान था। जो मुझसे केवल दस गज की दूरी पर ही था। उसके हाथ में जो हँसिया था, वह कई गज लंबी मुड़ी हुई तलवार के समान था। वह दैत्याकार आदमी कभी भी मेरे दो टुकड़े कर सकता था। मैं तेजी से चलते हुए हँसिया से नहीं कटता तो उसके पैरों के नीचे दबकर मारा जाता। दोनों ही स्थिति में मेरी मृत्यु निश्चित थी।

मैं उसकी आँखों से केवल तीन गज दूर था। मैंने उसका जरा भी विरोध नहीं किया और चुपचाप खड़ा रहा। मैंने जरा भी हाथ-पैर हिलाने की कोशिश नहीं की। उसने मुझे जमीन से साठ फीट ऊपर उठा रखा था।

मैंने नीचे जमीन की ओर देखा तो मेरे होश ही उड़ गए। इतनी ऊँचाई से नीचे जमीन की ओर देखने पर मुझे चक्कर आने लगे।

जैसे संडासी से किसी वस्तु को पकड़ते हैं, वैसे ही उसने मुझे उँगलियों से कसकर पकड़ रखा था। मैंने उसके चेहरे के हाव-भाव देखकर यह अंदाजा लगा लिया कि वह मुझे कोई कष्ट पहुँचाना नहीं चाहता।

उसके हाव-भाव को देखकर मेरा डर कुछ कम हो गया। मैंने अपने मन में सोचा कि मुझे इस आदमी से बात करनी चाहिए। मैंने दोनों हाथ जोड़कर आसमान की ओर देखते हुए प्रार्थना की कि वह मुझे जमीन पर उतार दे। दुःख की बात तो यह थी कि उसे मेरी बात समझ में नहीं आ रही थी और मैं बहुत डर रहा था कि कहीं वह दैत्याकार मुझे जमीन पर न पटक दे।

वह सात-आठ कदम चलकर अपने मालिक के पास पहुँच गया। उसका मालिक वही आदमी था, जो हमें समुद्र तट पर मिला था। वहाँ पर कुछ लोग पहले से ही बैठे थे। जब दैत्याकार ने मुझे कोट की जेब से निकालकर अपने मालिक के सामने रखा तो सब मुझे आश्चर्यचकित होकर देखने लगे।

पास में ही घास खड़ी हुई थी। मालिक ने घास का एक तिनका तोड़ लिया। जो उन लोगों के लिए तिनका था, वह मेरे लिए पूरा बाँस ही था। वह मेरे कोट को मेरे ही शरीर का कोई अंग समझ रहा था। उसने

तिनके से मेरे कोट को उलटने का प्रयास किया, वह मेरे चेहरे को अच्छी तरह से देखना चाहता था। इसलिए उसने मेरे बालों में फूँक मारकर उन्हें उड़ा दिया। उसकी फूँक आँधी के समान तेज थी।

मालिक ने अपने नौकर से पूछा कि क्या उन्होंने मेरे जैसे प्राणी को कहीं और देखा है? कोई भी नौकर यह नहीं बता सका कि मैं कौन हूँ और कहाँ से आया हूँ।

जब उसने मुझे जमीन पर उतारकर रख दिया तो मैंने इधर-उधर टहलना शुरू कर दिया। मैं उसे दिखाना चाहता था कि मेरा इरादा यहाँ से भागने का नहीं है। मैंने सिर से अपना हैट उतार लिया और कई बार उस किसान को झुककर सलाम किया। सब लोग मुझे देखने के लिए मेरे चारों ओर बैठ गए। मैंने हाथ जोड़कर उन लोगों से बहुत प्रार्थना की कि मुझे आजाद कर दें और अपने देश जाने की अनुमति प्रदान करें।

वे लोग मेरी भाषा नहीं समझते थे। इशारों से समझाने पर भी वे मेरी बात को नहीं समझ सके। फिर मैंने अपनी अशर्फियों से भरी थैली उन्हें दे दी।

मालिक ने थैली को आँख के पास ले जाकर बहुत अच्छी तरह से देखा, लेकिन उसकी समझ में कुछ नहीं आया। मैंने उसे इशारे से समझाया कि वह अपना हाथ जमीन पर रख दे। यह बात उसकी समझ में बहुत अच्छी तरह से आ गई। जैसे ही उसने अपना हाथ जमीन पर रखा, मैंने थैली खोलकर सारे सिक्के उसकी हथेली पर गिरा दिए।

चमचमाते उन सिक्कों को वह किसान बड़ी हैरानी से देख रहा था। कुछ छोटे सिक्के और स्पेन की छह सोने की मोहरें भी उस थैली में से निकली थीं। उसने अपनी अंगुली को होंठों पर चिपकाकर आँखों के पास ले जाकर देखा, लेकिन तब भी उसकी समझ में कुछ नहीं आया। अच्छी तरह से देखने के बाद उसने वह थैली मुझे वापस कर दी। मैंने उस थैली को किसान को देने की बहुत कोशिश की, लेकिन उसने वह अपने पास नहीं रखी। मजबूर होकर मुझे वह थैली अपने पास ही रखनी पड़ी।

वह किसान समझ गया कि मैं भी इस धरती पर रहने वाला एक जीता-जागता इनसान हूँ और मुझसे उसे कोई खतरा नहीं है। जब उसने मुझसे कुछ बात करने की कोशिश की तो मेरे कान फटने लगे। उसकी आवाज इतनी तेज थी कि जैसे कोई बादल गरज रहा हो। मैं उसके शब्दों को अच्छी तरह सुन और समझ रहा था। लेकिन मुझे उन शब्दों का अर्थ मालूम नहीं था। वे सब भी मेरी भाषा को नहीं समझ रहे थे।

मुझे कई भाषाओं का ज्ञान था। मैंने कई भाषाएँ बोलीं, लेकिन वह एक भी भाषा न समझ सका। हमने एक-दूसरे को अपनी बात समझाने की बहुत कोशिश की, किंतु कोई लाभ नहीं हुआ। जब सारे मजदूर काम करके चले गए तो उसने अपना रूमाल बाईं हथेली पर फैला दिया।

किसान और उसकी पत्नी

किसान ने अपनी हथेली को जमीन पर रख दिया और उस पर चढ़ने के लिए मेरी ओर इशारा किया। उसकी हथेली किसी हवेली के आँगन की तरह चौड़ी और एक फीट ऊँची थी। मैं उस हथेली पर चढ़ गया और जल्दी से उस रूमाल पर लेट गया। मुझे हथेली पर डर लग रहा था, इसलिए उसने रूमाल को मेरे आस-पास अच्छी तरह से लपेट दिया। वह रूमाल दरी के समान ही खुरदरा था। इसके बाद वह मुझे अपने घर ले गया। घर जाकर उसने मुझे कोट की जेब से निकाला और अपनी पत्नी के सामने रख दिया। उसकी पत्नी बहुत ही मूर्ख थी। मुझे देखते ही वह चिल्लाती हुई पीछे हट गई, जैसे मैं कोई विषैला जंतु होऊँ। हमारे देश में तो लोग मकड़ी, मेढ़क और चूहे को देखकर भी डरते हैं। लेकिन वह तो जीते-जागते इनसान को ही देखकर डर गई।

जब उसने देखा कि उसका पति मेरे साथ इशारे से बात कर रहा है तो उसका डर कुछ कम हुआ और वह मुझे पास आकर देखने लगी। अब उसके अंदर कोई डर नहीं था, बल्कि चेहरे पर हलकी सी मुसकान थी।

उनका नौकर बारह बजते ही उनके लिए भोजन लेकर आ गया। भोजन बिलकुल सादा और किसान के खाने योग्य ही था। चौबीस फीट व्यास की तश्तरी में उबला हुआ गोश्त था। तश्तरी के चारों ओर किसान

की पत्नी उसके बच्चे और दादी भोजन करने के लिए बैठ गए। जमीन से तीन फीट ऊँची टेबल पर मुझे बैठा दिया। टेबल की ऊँचाई को देखकर मुझे डर लग रहा था कि कहीं मैं जमीन पर न गिर जाऊँ।

किसान की पत्नी ने छोटी तश्तरी में गोश्त और रोटी रखकर मुझे भी खाने के लिए दे दी। जैसे ही मैंने रोटी खानी शुरू की, तो वे लोग हैरान होकर मुझे देखने लगे। इसके बाद उनकी नौकरानी ने एक बड़े प्याले में मुझे शराब पीने के लिए दी।

वह प्याला बहुत बड़ा था। मैंने जल्दी से खाना खाया और जैसे ही उस प्याले को उठाने की कोशिश की, तो वह मुझसे हिला भी नहीं। वह देखकर सब लोग जोर-जोर से हँसने लगे, उनकी हँसी की आवाज सुनकर मेरे कान के परदे फटे जा रहे थे।

तभी किसान ने मुझे अपने पास बुलाने के लिए हाथ से इशारा किया। जब मैं किसान के पास जाने लगा तो रोटी के टुकड़े से टकरा गया और जमीन पर मुँह के बल गिर पड़ा। वे सब मुझे गिरा हुआ देखकर घबरा गए। यद्यपि मुझे गिरने से चोट लग गई थी, लेकिन मैंने अपनी चोट की परवाह नहीं की और जल्दी ही उठकर खड़ा हो गया।

मैं फिर से किसान की ओर जाने लगा, उस समय किसान का लड़का बीच में बैठा हुआ था। उसने खेल-खेल में मुझे पैरों के बल उठाकर हवा में टाँग दिया। घबराहट में मेरा दिल जोर-जोर से धड़क रहा था, मैं जोर-जोर से चिल्ला रहा था। यदि किसान का पुत्र मुझे छोड़ देता

तो मैं टेबल पर गिर जाता और मेरा सिर फट जाता।

लेकिन किसान बहुत ही दयालु था। उसने मुझे अपने लड़के के हाथ से छीनकर फिर से मेज पर रख दिया। किसान ने लड़के की पिटाई की और उसे मेज से दूर रखने के लिए कहा। मैं मन-ही-मन डर रहा था कि कहीं किसान का लड़का नाराज होकर मुझे बाद में सताने न लगे। मैं घुटनों के बल बैठ गया और किसान से प्रार्थना करने लगा कि वह लड़के को कुछ न कहे और क्षमा कर दे। किसान ने मेरी बात मानकर लड़के को क्षमा कर दिया। लड़का बहुत खुश हुआ और अपनी जगह पर जाकर बैठ गया। मैंने स्वयं महसूस किया कि अब उसके मन में मेरे प्रति कोई बैर नहीं था।

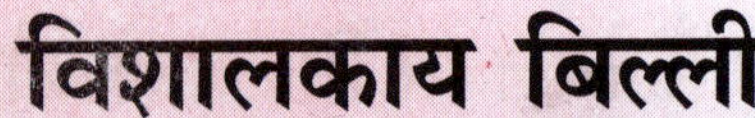

विशालकाय बिल्ली

मैंने देखा कि किसान के घर में उसकी पालतू बिल्ली भी रहती थी। वह उछलती हुई आई और किसान की पत्नी की गोद में बैठ गई। बिल्ली अपना शरीर चाट रही थी तो उसकी ऐसी आवाज निकल रही थी, जैसे हजारों जुलाहे एक साथ अपने करघों पर काम कर रहे हों। वहाँ की बिल्ली हमारे देश के शेर से तिगुनी बड़ी थी। किसान की पत्नी ने बिल्ली को प्यार से थपथपाया और खाना खिलाने लगी।

बिल्ली को देखते ही मेरी कँपकँपी छूटने लगी। वैसे तो बिल्ली मुझसे पचास फीट की दूरी पर थी, लेकिन फिर भी मैं उससे डर गया था। मैं बिल्ली के डर से टेबल के दूसरे किनारे पर जाकर खड़ा हो गया था। मुझे डर इस बात का था कि यदि बिल्ली ने मुझे पकड़ लिया तो एक ही झपट्टे में मेरा काम तमाम हो जाएगा।

बिल्ली से मेरा डर निकालने के लिए किसान ने मुझे टेबल से उठाकर बिल्ली के सामने रख दिया। मैंने डर के कारण अपनी आँखें बंद कर लीं और सोच लिया कि अब मेरी मौत निश्चित है। बिल्ली ने मुझे मारना तो दूर, मेरी तरफ आँख उठाकर भी नहीं देखा।

मैंने बचपन में सुन रखा था कि जंगली जानवर से कभी भी डरकर

नहीं भागना चाहिए। भागने से वह इनसान को अपना शत्रु समझने लगते हैं। डरकर भागने से वह इनसान का पीछा करके आक्रमण कर देते हैं।

हिम्मत के साथ जानवर का मुकाबला करेंगे तो वह कभी भी हमला नहीं करेगा। यह सोचकर मैं बिल्ली के सामने सीना तानकर खड़ा

हो गया। बिल्ली ने मुझे कुछ भी नहीं कहा। एक बार तो मैं बिल्ली के दो फीट करीब पहुँच गया तो बिल्ली घबराकर पीछे हट गई। ऐसा लग रहा था जैसे बिल्ली मुझसे डर रही हो।

किसान के कुत्ते भी बहुत बड़े थे। एक कुत्ता तो बहुत ही मोटा-ताजा था, जो देखने में हमारे हाथी के समान ही बड़ा था। दूसरा कुत्ता पतला-दुबला होने पर भी हमारे दो ऊँट के बराबर था। वहाँ के कुत्ते बहुत बड़े थे, लेकिन फिर भी मुझे उनसे डर नहीं लग रहा था। दो कुत्ते किसान के घर के बाहर ही घूम रहे थे, जो देखने में बहुत ही बड़े थे।

तभी किसान के घर एक औरत अपनी गोद में एक वर्ष के बच्चे को लेकर आई। जब उस बच्चे ने मुझे देखा तो उसने खिलौना समझकर उठा लिया। वह बच्चा थोड़ी देर तक तो मुझे देखता रहा, लेकिन कुछ ही देर में मेरे सिर को उसने अपने मुख में दबा लिया। मैं जोर-जोर से चिल्लाने लगा। मेरी चीख से वह बच्चा डर गया और मुझे टेबल पर फेंक दिया। मालकिन ने मुझे बीच में ही पकड़ लिया। यदि मालकिन मुझे न पकड़ती तो मेरी गरदन ही टूट जाती।

बच्चा जोर-जोर से चीख रहा था और उसकी माँ उसे चुप कराने के लिए झुनझुने को जोर-जोर से बजा रही थी। झुनझुने की आवाज से मेरे कान फटने लगे। झुनझुने की आवाज इतनी तेज थी मानो हजारों घंटे एक साथ बज रहे हों।

खाना खाने के बाद मेरा मालिक किसान फिर से खेत में काम करने के लिए चला गया। जाते समय वह अपनी पत्नी से मेरी देखभाल करने के लिए कह गया था।

किसान के बातचीत के तरीके से मैंने समझ लिया था कि वह मेरी बहुत ही फिक्र करता है और मुझे अधिक-से-अधिक आराम देना चाहता है। किसान के जाने के बाद मालकिन मेरा पूरा ध्यान रखने लगी। उसने अपने बच्चों को भी मेरे पास नहीं आने दिया। यदि उसके बच्चे मेरे पास आते तो मुझे अवश्य परेशान करते।

अधिक थकान के कारण अब मुझे नींद आने लगी। मैं सोना चाहता था। मैंने मालकिन को इशारे से समझा दिया कि मुझे नींद आ रही है। मालकिन का बिस्तर बहुत ही लंबा-चौड़ा था। उसने मुझे अपने बिस्तर पर लिटा दिया और अपने रूमाल से ढक दिया। उसका रूमाल भी दरी की तरह खुरदरा और लंबा-चौड़ा था।

मुझे लेटते ही नींद आ गई। मैं दो घंटे तक बहुत गहरी नींद में सोया। सपने में मुझे मेरी पत्नी और मेरे बच्चे दिखाई दिए। मैंने उनसे ढेर सारी बातें कीं, लेकिन जैसे ही मेरी नींद खुली तो मेरा सपना भी टूट गया। मुझे बहुत दुःख हुआ कि मैं अपने परिवार से दूर एक अनजान देश में अकेला पड़ा हुआ हूँ, जहाँ मेरे परिवार का कोई भी सदस्य मेरे पास नहीं है।

नींद के कारण पहले मैंने उस कमरे को ठीक से नहीं देखा था। नींद खुलने पर मैं कमरे की लंबाई-चौड़ाई और ऊँचाई को देखकर

आश्चर्यचकित हो गया। कमरे की चौड़ाई कम-से-कम दो-तीन सौ फीट थी और ऊँचाई भी दो सौ फीट से कम नहीं थी। मालकिन का पलंग साठ फीट चौड़ा था और जमीन से पलंग की ऊँचाई कम-से-कम पच्चीस फीट थी।

दैत्याकार चूहे

कुछ ही देर में मालकिन घर का काम करने के लिए कमरे से बाहर चली गई। मुझे कोई तंग न करे, इसलिए वह दरवाजा बंद कर गई। कुछ ही देर में मेरी नजर दो मोटे चूहों पर पड़ गई, जो कमरे में उत्पात मचा रहे थे। देखते-ही-देखते चूहे मेरे बिस्तर पर चढ़ गए और इधर-उधर दौड़ने लगे। चूहे देखने में जंगली सुअर के समान ही मोटे थे। दौड़ लगाते हुए चूहे मेरे मुँह के पास आकर बैठ गए।

उन चूहों का आकार इतना बड़ा था कि उन्हें देखकर मेरी तो पहले से ही जान निकली हुई थी। लेकिन उन्हें अपने चेहरे के पास देखकर तो मेरी चीख ही निकल गई। मेरी चीख का उन पर कोई प्रभाव नहीं पड़ा। मुझे डर इस बात का था कि वे कोई शारीरिक क्षति न पहुँचा दें। मैंने डर के कारण चूहों से बचने के लिए अपनी तलवार हाथ में कसकर पकड़ ली।

वास्तव में वे चूहे बड़े ही ढीठ थे। वे मेरे हाथ में तलवार देखकर भी नहीं डरे। उन दोनों चूहों ने मेरे ऊपर हमला बोल दिया। देखते-ही-देखते एक चूहा तो मेरी गरदन पर चढ़कर बैठ गया। वह मेरी गरदन में दाँत चुभोने ही वाला था कि मैंने तलवार से उस पर प्रहार कर दिया। चूहे का दाँत नुकीला और हाथी के दाँत के समान ही लंबा था।

एक चूहे को तो मैंने तलवार से मारकर समाप्त कर दिया। जब उसे मरा हुआ देखा तो दूसरा चूहा जान-बचाकर वहाँ से भागने की कोशिश करने लगा। मैं दूसरे चूहे को भी मारना चाहता था। मैंने अपनी तलवार उठाई और भागते हुए चूहे की पीठ पर मार दी। उस चूहे की जान तो बच गई, लेकिन उसकी पीठ पर जख्म हो गया और वह दर्द से छटपटाने लगा। उसके घाव से खून बहकर सारे कमरे में फैल गया। खून के कुछ छींटे मेरे शरीर पर भी पड़ गए।

चूहे को मैंने मार तो दिया, लेकिन चूहे का भय मेरे दिमाग में अब भी छाया हुआ था। अपनी घबराहट दूर करने के लिए मैं अपने बिस्तर पर ही इधर-उधर टहलने लगा। कुछ ही देर में मेरी घबराहट कुछ कम हो गई।

चूहा मेरे बिस्तर पर मरा हुआ पड़ा था। मैंने उस चूहे को मारकर बहुत हिम्मत का काम किया था। चूहे की लंबाई लगभग सात फीट थी। चूहा चार फीट मोटा था। उस भयानक चूहे की पूँछ की लंबाई चौदह फीट थी। कुछ ही देर में मालकिन मेरे कमरे में आई। जब उसने मेरे शरीर को खून से लथपथ देखा तो वह डर गई। मालकिन ने दौड़कर मुझे अपने हाथ में उठा लिया।

मैंने मालकिन को चूहे की ओर इशारा करके बता दिया था कि इसे मैंने ही मारा है। मुझे सही-सलामत देखकर मालकिन को बहुत खुशी हुई।

मालकिन ने नौकरानी को बुलाकर चूहे को बाहर फेंकने और बिस्तर साफ करने की आज्ञा दे दी। नौकरानी ने चिमटे से पकड़कर मरे

हुए चूहे को खिड़की से बाहर फेंक दिया। मैंने तलवार पर लगे हुए खून को साफ कर अपनी तलवार म्यान में रख दी। मालकिन ने मुझे टेबल पर बिठा दिया। इसके बाद नौकरानी ने बिस्तर साफ कर दिया।

मालकिन की बेटी

मालकिन की बेटी का स्वभाव बहुत ही अच्छा था। उसकी आयु केवल नौ वर्ष थी। वह मेहनती और भोली-भाली थी। उस लड़की को कपड़े सिलने का बहुत शौक था। अकसर वह अपनी गुड़िया के लिए तरह-तरह के वस्त्र सिलने में लगी रहती थी। जब भी उसे खाली समय मिलता तो वह हाथ में सुई-धागा लेकर बैठ जाती थी और पूरा दिन कुछ न कुछ सिलती रहती थी।

बच्चों के सोने के पालने में मालकिन मेरा बिस्तर लगाने लगी। मेरा बिस्तर तैयार करने में उस लड़की ने अपनी माँ की बहुत सहायता की थी। मेरी सुरक्षा को देखते हुए मालकिन मेरे पालने को छत से लटका देती थी। वहाँ मुझे चूहे परेशान नहीं करते थे। अब मुझे न तो कुत्ते-बिल्ली का डर था और न ही बच्चे मुझे कोई हानि पहुँचा सकते थे।

मैं उनकी भाषा को सीखने की कोशिश करता था। कुछ ही दिनों में मैं उनकी भाषा थोड़ी-थोड़ी सीख गया। यदि मुझे किसी चीज की जरूरत होती तो मैं टूटे-फूटे शब्द बोलकर उन्हें आसानी से समझा देता था। मैं इशारों से भी अपनी सारी बातें उन्हें समझा देता था।

मालकिन की लड़की दिन भर मुझे अपनी भाषा सिखाती और मेरे साथ खूब खेलती थी। मैं जब भी कोई वस्तु माँगता तो वह मुझे झट से

उसका नाम बता देती थी। इस प्रकार मैं उनकी भाषा के बहुत सारे शब्द सीख गया था।

वह लड़की मुझे 'मेनिकिन' अर्थात् नन्हा आदमी कहती थी। लड़की सारे दिन मेरे साथ रहती और मेरा बहुत ध्यान रखती थी। वह मुझे कोई भी परेशानी नहीं होने देती थी। घर और घर के बाहर वह मेरी पूरी सुरक्षा करती थी। उसके साथ होने पर किसी में इतनी हिम्मत नहीं थी कि कोई मुझे तंग कर सके। आज भी मैं उस लड़की का ऋणी हूँ। उसके एहसानों का बदला चुकाने के लिए मैं उसका तरह-तरह से मनोरंजन करता था।

पूरे गाँव को इस बात का पता चल चुका था कि किसान के घर में एक नन्हा सा जीव है, जो उनकी तरह ही चलता-फिरता है और तलवार भी चला सकता है। जो अपनी भाषा में बोलता है और उनकी भाषा भी समझ लेता है।

एक दिन मेरे मालिक का पड़ोसी मुझे देखने के लिए मालिक के घर आया। मेरे मालिक ने मुझे पड़ोसी के सामने टेबल पर रख दिया। मैंने उस व्यक्ति का अभिवादन करके उससे दुआ-सलाम की। मैंने उस व्यक्ति के सामने इस प्रकार तलवार चलाई कि वह आश्चर्यचकित हो गया। मेरे करतब देखकर कुछ ही देर में वह अपने घर चला गया।

अब मुझे देखने के लिए मालिक के घर रोज कोई-न-कोई आने लगा। मुझे देखने के लिए तो एक आदमी को अपनी आँखों पर चश्मा लगाना पड़ा।

चश्मे में से चमकती हुई उसकी आँखें ऐसी लग रही थी जैसे खिड़की में से चाँद चमक रहा हो। उस आदमी को देखकर मैं हँसने लगा। मुझे हँसते हुए देखकर वे सब भी जोर-जोर से हँसने लगे।

उस आदमी का स्वभाव बहुत ही चिड़चिड़ा था। हमें हँसता हुआ देखकर वह क्रोधित हो गया। घर जाते समय उसने मेरे मालिक से कहा कि मुझे बाजार लेकर जाए और गाँववालों को मेरा खेल दिखाए।

बाजार में तमाशा

यहाँ से बीस मील दूर एक गाँव के पास ही हाट लगती थी। जब मैंने सुना की ये लोग हाट में मुझसे खेल कराना चाहते हैं तो मैं बहुत अधिक डर गया था। मालकिन की बेटी ने भी अपने पिता की सारी बातें सुन लीं। उस आदमी के जाने के बाद वह मेरे पास आई और मेरे गले से लगकर रोने लगी। रोते-रोते वह बोली, ''ये सब तुम्हें परेशान करना चाहते हैं।''

लड़की को अपने पिता की बात जरा भी अच्छी नहीं लगी। वह सोचने लगी कि किसी स्वाभिमानी आदमी को बाजार में तमाशा बनाकर खड़ा करना बुरी बात है। उसे दुःख इस बात का भी था कि बाजार में खड़ा होने पर गाँव के गँवार लोग मेरे हाथ-पैर ही तोड़ डालेंगे, क्योंकि वे सब मुझे छुए बिना नहीं रह सकते।

कुछ ही देर में वह लड़की मेरे पास आकर बोली, ''तुम्हें मेरे माता-पिता ने मुझे इसलिए दिया था, ताकि मैं तुम्हारे साथ खेल सकूँ। लेकिन अब वे मुझसे तुम्हें छीन रहे हैं।'' कहते हुए लड़की उदास हो गई।

छोटी लड़की को दुःखी देखकर मैं भी बहुत उदास हो गया। घर से बाहर निकलना मेरे लिए एक अच्छी बात थी। जब मैं घर से बाहर निकलूँगा तभी मुझे अपने देश जाने का अवसर मिल सकता था। यदि मैं

हमेशा उस किले समान घर में रहता तो कभी भी अपने परिवार से नहीं मिल सकता था। इसलिए हाट में जाकर तमाशा बनकर खड़ा होना मेरे लिए दु:ख की बात नहीं थी। मैंने उस लड़की को इस विषय में कुछ नहीं बताया। मैं वहाँ से जाने की बात बताकर उसे दु:खी नहीं करना चाहता था।

मेरे मालिक ने अपने पड़ोसी की बात मानकर मुझे हाट में ले जाने की सभी तैयारियाँ कर लीं। मालिक ने मुझे चारों ओर से बंद डिब्बे में रख दिया। साँस लेने के लिए उस डिब्बे में छोटे-छोटे छेद कर दिए। डिब्बे से बाहर आने-जाने के लिए एक दरवाजा भी था। उस लड़की ने अपने गुड्डे का बिस्तर डिब्बे में बिछा दिया और स्वयं भी डिब्बे में बैठकर मेरे साथ हाट चलने लगी। मालिक ने डिब्बे को घोड़ागाड़ी में रख दिया था। हम सब घोड़ागाड़ी में बैठकर हाट के लिए रवाना हो गए।

घोड़ा अपना एक-एक कदम चालीस गज की दूरी पर रख रहा था। जिससे मुझे बहुत कष्ट हो रहा था। हाट तक पहुँचते-पहुँचते मेरे शरीर के सभी अस्थि-पंजर ढीले हो चुके थे। हम सब जैसे ही बाजार पहुँचे तो मेरे मालिक ने सराय के मालिक से मेरे खेल-तमाशे के विषय में बात की। मेरे मालिक ने पूरे शहर में यह घोषणा करवा दी कि बाजार में एक अजीबोगीरब प्राणी आया है, जो केवल छह फीट का छोटा सा जीव है, लेकिन देखने में बिलकुल हमारे जैसा ही है। वह अपनी भाषा में बात भी करता और अनेक करतब दिखाकर प्राणियों को खुश करता है।

सराय के सबसे बड़े कमरे में मेरा खेल दिखाने का प्रबंध कर दिया

गया। उस कमरे में एक बड़ी मेज पर मुझे खड़ा कर दिया गया। मालिक की लड़की मेज के आस-पास ही घूमती रही, ताकि खेल के बीच में मुझे कोई हाथ न लगा सके। वह लड़की मेरी सुरक्षा का पूरा-पूरा खयाल रखती थी।

एक बार में केवल तीस आदमी ही मेरा खेल देख सकते थे। यह सब इसलिए किया गया था, ताकि कमरे में अधिक भीड़ इकट्ठी न हो। जब तीस आदमी इकट्ठे हो जाते तो मेरा खेल आरंभ हो जाता था। मेरी छोटी मालकिन, जो कुछ भी करने को कहती, मैं वही करतब दिखाने लगता था। छोटी मालकिन तमाशबीनों को दिखाने के लिए मुझसे

छोटे-छोटे सवाल पूछती और मैं उन्हीं की टूटी-फूटी भाषा में सवालों के उत्तर दे देता था।

जब मैं उन्हीं की भाषा में बोलता तो तमाशा देखने वाले बहुत प्रसन्न होते थे। मैं दर्शकों को म्यान में से अपनी तलवार निकालकर चलाकर दिखाता था, भाले की तरह घास के तिनकों को फेंकता था। जिसे देखकर दर्शक बहुत खुश होते थे।

मेरा खेल देखने वालों की भीड़ लगातार बढ़ती जा रही थी। मैंने एक दिन में बारह बार दर्शकों को अपना तमाशा दिखाया। अब मेरा शरीर थककर चूर-चूर हो गया था। लेकिन दर्शकों की भीड़ कम होने का नाम नहीं ले रही थी। पूरे गाँव में मेरे खेल की इतनी प्रशंसा हुई कि सारा गाँव ही मेरा खेल देखने के लिए उमड़ पड़ा था।

सभी दर्शक मुझे छूकर देखना चाहते थे। लेकिन मेरे मालिक ने मुझे हाथ लगाने के लिए मना किया था। बढ़ती हुई भीड़ को देखकर मेरे मालिक ने टेबल के चारों ओर चौकियाँ डलवा दीं, ताकि लोग टेबल से दूर रहें। सराय के बाहर लगातार भीड़ बढ़ती ही जा रही थी।

मालिक ने जब मुझे किसी को छूने नहीं दिया तो वहाँ पर उपस्थित कुछ लोग मुझसे चिढ़ गए। वहाँ एक शैतान भी खड़ा था। उसने एक कंकड़ उठाकर मेरे ऊपर फेंक दिया। उन लोगों के लिए वह एक कंकड़ था, लेकिन मेरे लिए वह एक भारी चट्टान थी। गलती से यदि वह मेरे सिर पर गिर जाता तो मेरी मृत्यु हो जाती। मेरी किस्मत अच्छी थी कि वह

कंकड़ मुझे लगा नहीं और दूर जाकर गिर पड़ा।

इस घटना के कारण मैं भय से काँपने लगा। मुझे डरा हुआ देखकर मेरे मालिक ने उस लड़के को पकड़कर खूब पीटा और सराय के बाहर निकाल दिया। इसके बाद मेरे मालिक ने खेल बंद करके यह घोषणा कर दी कि अगली हाट में फिर तमाशा होगा। इसके बाद हम सब अपने घर वापस आ गए।

मेरी छोटी मालकिन सारे रास्ते मुझे धीरज दिलाती रही। सफर के कारण मैं बहुत थक गया था। खेल दिखाने में ही मैं इतना थक चुका था कि तीन दिन तक बीमार रहा। मेरा खेल लोगों को इतना अच्छा लगा कि वे घर पर भी मुझे चैन से नहीं बैठने देते थे। आस-पास के गाँव से भी लोग मुझे देखने के लिए आने लगे। जब तक वे मुझे देख नहीं लेते, वहाँ से जाने का नाम ही नहीं लेते थे।

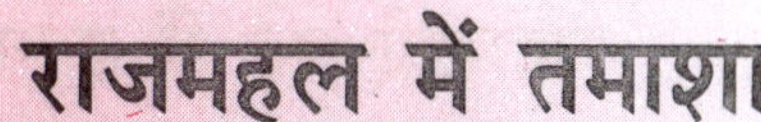

राजमहल में तमाशा

एक दिन मेरे मालिक से राजा के दूत ने आकर कहा कि मुझे राजा ने तुरंत राजमहल बुलाया है। महल की स्त्रियाँ और रानियाँ मेरा खेल देखना चाहती हैं।

राजमहल की कुछ स्त्रियाँ मेरा खेल पहले ही देख चुकी थीं। उन्होंने ही मेरे खेल के विषय में रानियों को बताया था। जब रानी ने मेरी प्रशंसा सुनी तो उनकी भी इच्छा मेरा खेल देखने की होने लगी। मेरा मालिक राजा का आदेश टाल नहीं सकता था। इसलिए न चाहते हुए भी वह मुझे राजमहल ले गया।

रानी के सामने एक टेबल पर मेरे मालिक ने मुझे छोड़ दिया। मैंने घुटनों के बल झुककर रानी का अभिवादन किया। रानी ने बातचीत करने के इरादे से मेरे देश और मेरी यात्रा से संबंधित कुछ प्रश्न पूछने आरंभ कर दिए। मैंने रानी के सभी प्रश्नों के उत्तर पूरे आदर और सम्मान के साथ दिए। रानी मुझसे बात करके बहुत प्रसन्न हुई।

रानी ने मेरे सामने प्रस्ताव रखा कि मैं उनके पास राजमहल में ही रह जाऊँ। मैंने सोच-समझकर कहा, ''यदि मैं पूरी तरह स्वतंत्र होता तो आपकी सेवा करना ही अपना सौभाग्य समझता। अब मैं अपने मालिक का गुलाम हूँ। मालिक की आज्ञा के बिना मैं कोई काम नहीं कर सकता।''

महारानी को मैं इतना अच्छा लगा कि वे मुझे मेरे मालिक से खरीदने के लिए तैयार हो गईं। रानी ने जब मेरे मालिक से मुझे खरीदने के लिए कहा तो वह मुझे बेचने के लिए तैयार हो गया। मेरा मालिक सोच रहा था कि मैं जल्दी ही मरने वाला हूँ, इसलिए उसने मुझे बेचने में जरा भी देर नहीं की।

मेरा मालिक मुझे बेचकर अच्छी रकम कमाना चाहता था। उसने रानी से मेरी कीमत एक हजार सोने की मोहरें माँग लीं। रानी के लिए एक हजार सोने की मोहरें देना कोई बड़ी बात नहीं थी। रानी ने तुरंत मंत्री को आदेश दिया कि एक हजार सोने की मोहरें शाही खजाने से इस आदमी को दे दी जाएँ।

रानी की आज्ञा होते ही मंत्री सोने की मोहरे दरबार में लाया और मेरे सामने गिनती करने लगा। उनकी एक मोहर हमारी गाड़ी के पहिए से कम नहीं थी। सारी मोहरें गिनकर मेरे मालिक को दे दी गईं।

रानी के खरीदने पर मैं उन्हीं का गुलाम बन गया। रानी की हर आज्ञा का पालन करना मेरा धर्म था। मैं मालिक की नौ वर्ष की बेटी को बहुत प्यार करता था। मैं उसे नहीं भूल सका। मैंने हाथ जोड़कर रानी से कहा, ''महारानीजी, वैसे तो अब मैं आपका गुलाम हूँ, लेकिन मेरे मालिक की छोटी बेटी मुझे बहुत प्यार करती है। वह हमेशा मेरे साथ रहती थी और मेरा खयाल रखती थी। उसके साथ रहने पर मुझे कोई कठिनाई नहीं होगी। मेरी प्रार्थना है कि आप उस लड़की को राजमहल में

नौकर रख लें। इससे मेरा यहाँ दिल भी लगा रहेगा और मुझे परेशानी भी नहीं होगी।''

रानी ने मेरी प्रार्थना पर विचार किया और मेरे पुराने मालिक की बेटी को अपने यहाँ नौकर रख लिया। मेरा पुराना मालिक अपनी बेटी को दरबार में नौकरी दिलाकर बहुत प्रसन्न हुआ। दरबार की नौकरी आम आदमी के लिए बड़े गौरव की बात होती है। हर कोई दरबार में नौकरी करना चाहता है।

मुझे और अपनी लड़की को जब मेरा मालिक दरबार में छोड़कर जाने लगा तो उसने मुझे प्यार किया और मेरी पीठ थपथपाई। मैंने मालिक से बात भी नहीं की, बल्कि उदास मन से अपने मालिक को प्रणाम किया। उसका लालच देखकर उसके प्रति मेरे दिल में अब कोई सम्मान नहीं बचा था।

मालिक के प्रति मेरा ऐसा व्यवहार देखकर रानी की समझ में कुछ नहीं आया। मालिक के चले जाने के बाद रानी ने मुझसे कहा, ''इतने दिन तक उसके साथ रहने पर भी तुमने उसे ठंडे मन से क्यों विदा किया? क्या तुम्हें उससे बिछुड़ने का जरा भी दुःख नहीं है? तुम्हारे व्यवहार को देखकर लगता है कि तुम्हारे दिल में उसके प्रति जरा भी प्रेम नहीं है। मुझे साफ-साफ बताओ कि उसने तुम्हारे साथ दुर्व्यवहार तो नहीं किया?''

मैंने कहा, ''महारानी, इस आदमी के लिए मेरे दिल में जरा भी प्रेम

नहीं है, क्योंकि यह जरूरत से अधिक लालची, बेरहम और निर्दयी है। मुझ पर केवल इसका इतना ही एहसान है कि इसने मुझे पहली बार देखकर जीवित छोड़ दिया और मेरा सिर अपने जूते से नहीं कुचला। इसके अहसान का बदला मैंने तमाशा दिखाकर चुका दिया है। मेरे तमाशे के जरिए इसने बहुत सारा धन कमा लिया है। इसने बीमारी की हालत में भी मुझसे बड़ी बेदर्दी से काम कराया है, उसे मैं कभी नहीं भूल सकता। इसने मुझे केवल रुपए कमाने का साधन समझा। बीमार होने पर न तो इसने मेरा इलाज कराया और न ही खाने को अच्छा भोजन दिया। अब आप ही बताएँ, ऐसे निष्ठुर आदमी के प्रति किसके हृदय में प्यार हो सकता है। वास्तव में यह आदमी किसी के भी प्यार के योग्य नहीं है।''

मैंने संकोच करते हुए रानी को सारी बातें बड़ी बुद्धिमानी से बता दीं। मेरा दुःख जानकर रानी भी उदास हो गई। रानी अपने मन में सोचने लगी कि छोटा सा जीव तो बहुत ही बुद्धिमान है। बातें भी बड़ी समझदारी की करता है।

कुछ ही देर में रानी मुझे लेकर राजा के कमरे में चली गई। राजा उस समय कोई काम कर रहा था। मैं रानी की हथेली पर खड़ा हुआ था।

राजमहल और मेरा कमरा

राजा ने नगर के सबसे बड़े बढ़ई को बुलाकर मेरे लिए एक लकड़ी का डिब्बा बनाने का आदेश दिया। वह डिब्बा मेरे लिए सोने का कमरा ही था। इसलिए मैंने बढ़ई को बहुत सी बातों का ध्यान रखने के लिए कहा।

लगभग बीस दिन बाद बढ़ई मेरे लिए एक लकड़ी का कमरा बनाकर ले आया। इस कमरे की लंबाई-चौड़ाई सोलह फीट और ऊँचाई बारह फीट थी। इस कमरे में दो खिड़कियाँ तथा एक दरवाजा लगाया गया था। मेरे कमरे में दो अलमारियाँ भी लगाई गई थीं और कमरे की छत को ऊपर से उठा भी सकते थे।

पुराने मालिक की बेटी को राजा की ओर से मेरी देखभाल के लिए रख दिया गया था। मेरी सुरक्षा की जिम्मेदारी किसान की बेटी के ऊपर थी। उस लड़की को मैं 'ग्लम' कहकर पुकारता था। ग्लम मेरे कमरे की ढक्कन जैसी छत को बंद करके उसमें रोज ताला लगा देती थी, ताकि मैं रात को आराम से सो जाऊँ।

दरबार में एक कारीगर था, जो छोटी-छोटी जरूरी वस्तुएँ बहुत अच्छी बनाता था। रानी ने उस कारीगर को आदेश दिया कि मेरे लिए कुरसियाँ, दो टेबल और एक अलमारी बनाए। कारीगर ने बड़ी मेहनत

और लगन के साथ मेरे लिए सारी चीजें बना दीं।

मेरी सुविधा को देखते हुए रानी ने कमरे के फर्श, दीवारों और छत पर मुलायम गद्दे लगवा दिए, ताकि मुझे पूरा आराम मिल सके। गद्दों को कमरे में इस प्रकार लगाया गया था कि जब मेरे कमरे को उठाकर ले जाया जाए तो दीवारों से टकराकर मुझे चोट न लगे। मैंने रानी से अपने कमरे के दरवाजे में लगाने के लिए ताला माँगा। इतना छोटा ताला बनाना किसी भी लुहार के लिए बहुत मुश्किल था।

रानी ने शीघ्र ही राज्य के सबसे अच्छे सुनार को बुलाकर छोटा सा ताला बनाने की आज्ञा दी। सुनार ने छोटा सा ताला बनाने के लिए बड़ी मेहनत की। इतना छोटा ताला पहले कभी नहीं बनाया गया था। यद्यपि वह ताला भी बहुत बड़ा था। सुनार इससे छोटा ताला नहीं बना सका, इसलिए मुझे उस ताले से ही काम चलाना पड़ा। उस ताले की चाबी को मैं हमेशा अपने पास सँभालकर रखता था। महारानी मेरे बिना कभी भी भोजन नहीं करती थीं। वह मुझसे बहुत प्रसन्न रहती थीं। खाने की टेबल पर मेरे लिए भी एक छोटी सी टेबल रखी जाती थी।

रानी ने मेरे भोजन करने के लिए चाँदी के छोटे-छोटे बरतन भी बनवा दिए थे। मेरे बरतन उनके बरतनों की तुलना में बहुत ही छोटे थे। ग्लम मेरे बरतनों को साफ करके अपने पास ही सँभालकर रखती थी। ग्लम के लिए तो मेरे खाने के बरतन खिलौने के समान ही थे।

महारानी के साथ राजकुमार और राजकुमारी दोनों भोजन करते थे।

रानी का एक पुत्र सोलह वर्ष का था और दूसरा तेरह वर्ष का। जब हम सब भोजन करने बैठते तो महारानी मेरी तश्तरी में एक बड़ा सा कौर रख देती थीं। उस कौर को मैं अपने हिसाब से तोड़-तोड़कर खाता था।

महारानी की पाचनक्रिया उन दिनों कुछ ठीक नहीं रहती थी। लेकिन फिर भी वह इतना भोजन करती थी कि उसे देखकर मुझे आश्चर्य होता था। मैं हमेशा यही सोचता था कि ये लोग इतना अधिक भोजन कैसे खा लेते हैं?

हमारे देश में एक दर्जन आदमी जितना भोजन खाते हैं, उतना बड़ा महारानी का एक कौर होता था। वह एक सुनहरे कप में शराब पीती थी। रानी का कप हमारे देश की नाँद के बराबर ही बड़ा होता था।

रानी दो गज लंबे काँटों का प्रयोग करती थी। वहाँ की चम्मच तो काँटों से भी बड़ी होती थी। वास्तव में मुझे रानी के काँटों और चम्मच को देखकर बड़ा ही डर लगता था।

जितने बड़े चाकू से हमारे देश में भैंस काटी जाती है, उतने बड़े चाकू से महारानी अपनी रोटी काटती थी। रानी की चम्मच इतनी भारी थी कि हमारे देश के चार आदमी भी एक साथ मिलकर उस चम्मच को नहीं उठा सकते।

ग्लम मुझे पूरे राजमहल में इधर-उधर घुमाती रहती थी। महल की चीजों को देखकर मुझे बहुत आश्चर्य होता था। एक-एक ड्रम के बराबर तो उनकी शराब की बोतलें होती थीं। राजा के लिखने की दवात एक

गहरे कुएँ के समान थी।

एक दिन मैंने उस दवात में झाँका तो भय के कारण मेरे मुँह से चीख निकल गई। वहाँ की बड़ी-बड़ी चीजों को देखकर मुझे बहुत ही आश्चर्य होता था।

मैं बहुत दिनों तक महल में ही रहा। वहाँ के लोगों की बात सुनकर मैंने वहाँ के काफी रीति-रिवाज भी सीख लिये थे। किस अवसर पर किससे कैसे बात करें? कैसा व्यवहार करें? यह सब मैंने राजमहल में ही सीखा था।

राजमहल में रहना मेरे लिए बड़े ही गर्व की बात थी। वहाँ रहने के तौर-तरीके मैंने धीरे-धीरे सीख लिये। कुछ ही दिनों में राजमहल का प्रत्येक व्यक्ति मुझे प्यार करने लगा। धीरे-धीरे मैंने सबका मन जीत लिया था। किसी सम्मानित व्यक्ति की तरह ही राजा मुझसे मिलता था। राजा मेरा बहुत ही आदर-सम्मान करता था। अब मैं राजमहल में सबका प्यारा बन चुका था।

मेरी सफलता

बहुत देर तक सोने के बाद अचानक मेरी नींद खुल गई। मेरे डिब्बे की छत पर एक गोल कड़ी लगाई गई थी। इसी कड़ी में रस्सी बाँधकर यात्रा के समय मेरा डिब्बा उठाया जाता था। तभी मुझे महसूस हुआ कि कोई डिब्बे के ऊपर की कड़ी को खड़खड़ा रहा है। देखते-ही-देखते किसी ने मेरे डिब्बे को उठाया और आकाश में उड़ गया।

जब किसी ने मेरे डिब्बे को पहली बार उठाया तो मुझे बहुत जोर का झटका लगा। लेकिन बाद में मुझे कोई परेशानी नहीं हुई। डिब्बा हवा में उड़ता हुआ आसानी से तैरता हुआ चला जा रहा था।

मैं डिब्बे के अंदर से जोर-जोर से चिल्लाकर उस लड़के को आवाज दे रहा था, लेकिन मेरी आवाज किसी ने भी नहीं सुनी। फिर मैंने खिड़की खोलकर देखा तो आकाश और बादलों के अलावा कुछ भी दिखाई नहीं दे रहा था। घबराकर मेरा दिल बैठा जा रहा था। मैं समझ गया कि मैं किसी मुसीबत में हूँ। मेरे डिब्बे की कड़ी को शायद कोई बाज अपनी चोंच में दबाकर आकाश में उड़ रहा है।

मेरा दिल जोर-जोर से धड़कने लगा। मैंने सोचा कि अब मेरी मृत्यु निश्चित है। यह बाज मुझे जीवित नहीं छोड़ेगा और किसी चट्टान पर पटककर डिब्बे को तोड़ देगा तथा मुझे आराम से खा जाएगा।

बाज तेजी से डिब्बा लेकर उड़ रहा था। उसी समय तीन–चार बाज तेजी से उड़कर आए और आपस में छीना–झपटी करने लगे। डिब्बा उनकी चोंच से छूटकर पानी में गिर पड़ा।

डिब्बे के नीचे लोहे की चद्दर लगी होने के कारण पानी पर गिरने के बाद भी डिब्बा टूटा नहीं। डिब्बे का दरवाजा ऊपर नीचे खुलने के कारण उसके अंदर पानी भी नहीं जा सका। थोड़ी देर बाद मुझे यह महसूस हुआ कि डिब्बा पानी पर जा रहा था। मैंने कान लगाकर सुना तो लहरों के उठने और डिब्बे की दीवारों से पानी के टकराने की आवाजें आ रही थीं। डिब्बा बड़ी तेजी से एक ही दिशा में जा रहा था। यह देखकर मैं जोर–जोर से चिल्लाने लगा।

मुझे बचने की कोई उम्मीद दिखाई नहीं दे रही थी। अब मैंने एक रूमाल लकड़ी पर बाँधकर खिड़की से बाहर हिलाना शुरू कर दिया था, ताकि कोई मेरी मदद कर सके। मैं रूमाल हिलाकर चिल्लाता रहा, लेकिन मेरी सहायता के लिए कोई भी नहीं आया।

अचानक मेरा डिब्बा किसी चीज से टकरा गया। मैंने सोचा कि शायद किसी चट्टान से टकराया होगा। तभी डिब्बे की छत पर रस्सी की खरखराहट सुनाई दी। मुझे ऐसा लगा जैसे किसी ने डिब्बे को फँसाने के लिए फँदा फेंका हो। डिब्बा कभी ऊपर उठता तो कभी नीचे गिरता था। अब मैं बार–बार रूमाल हिलाकर सहायता के लिए जोर–जोर से चिल्ला रहा था।

इस बार मेरी कोशिश सफल रही। मेरी आवाज के जवाब में कुछ और लोग भी आवाजें दे रहे थे। उनकी आवाज को सुनकर मुझे ऐसा लगा कि जैसे वे भी मेरे ही जैसे थे। तभी मुझे किसी के पैरों की आहट डिब्बे की छत पर सुनाई दी। मैंने देखा कि एक आदमी किसी छेद में मुँह डालकर अंग्रेजी में कुछ कह रहा था। मैंने उन लोगों को बताया कि मैं बहुत मुसीबत में हूँ। मुझे कुछ लोगों ने इस डिब्बे में कैद कर दिया है और मैं बाहर निकलना चाहता हूँ।

उन लोगों ने मुझे बताया कि अब मैं खतरे से बाहर हूँ और मुझे चिंता करने की कोई जरूरत नहीं है। वे मेरे डिब्बे को अपने जहाज के साथ बाँध चुके थे। उन्होंने बताया कि अभी हमारा बढ़ई आकर डिब्बे में बड़ा छेद करके तुम्हें निकाल देगा।

तभी उनका बढ़ई डिब्बे की छत पर आ गया और उसने आरी से डिब्बे की छत में एक बड़ा छेद करके उसमें सीढ़ी लटका दी।

मैं सीढ़ी पर धीरे-धीरे चढ़ा और डिब्बे की छत पर पहुँच गया। मेरी तबीयत खराब होने के कारण छत पर पहुँचते ही मैं निढाल होकर गिर पड़ा। वे लोग मुझे उठाकर अपने जहाज पर ले आए। जिन्होंने मुझे बचाया, वे सब मेरी ही दुनिया के लोग थे। बाद में मुझे पता चला कि वे मेरे ही देश के रहने वाले थे। जहाज पर पहुँचते ही मुझे चारों तरफ से घेर लिया और मुझसे तरह-तरह के प्रश्न पूछने लगे। तबीयत ठीक न होने के कारण मैं उनके प्रश्नों का उत्तर देने में असमर्थ था।

उस जहाज का कप्तान बहुत अच्छा था। वह मुझे सहारा देकर अपने केबिन में ले गया। वहाँ जाकर उसने मुझे थोड़ी शराब पिलाई और मुझसे आराम करने को कहा। जैसे ही मैं कप्तान के बिस्तर पर लेटा तो मुझे तुरंत ही नींद आ गई।

जब मैं सोकर उठा तो मेरी तबीयत पहले से ठीक थी। रात के आठ बज गए थे। कप्तान ने मेरे लिए खाना मँगवा लिया। नौकर कुछ ही देर में खाना लेकर आ गया। खाना देखकर मेरे मुँह में पानी आ गया और मैं खाने पर टूट पड़ा। मैंने जल्दी-जल्दी सारा खाना समाप्त कर दिया। मैंने कई साल बाद अपने देश का इतना स्वादिष्ट खाना खाया था।

खाना खाकर मुझे बहुत संतुष्टि हुई। खाने के बाद कप्तान बहुत देर तक मेरे पास ही बैठा रहा। कप्तान ने मुझसे अनेक प्रश्न पूछे। शायद मेरा दिमाग ठीक से काम नहीं कर रहा था। इसलिए मैंने कप्तान के प्रश्नों के उलटे-सीधे उत्तर दिए।

कप्तान मुझसे बार-बार यह जानने की कोशिश कर रहा था कि मैं इस डिब्बे में कैसे बंद हुआ और कैसे इस विशाल समुद्र में आकर गिर पड़ा?

तबीयत ठीक होने पर मैंने कप्तान को सारी बातें बता दीं। कप्तान भी यह सुनकर हैरान हो रहा था कि मैं दानवों के देश में किस प्रकार जिंदा रहा और कैसे अपने शहर सही-सलामत लौटकर आ गया। कप्तान और जहाज के बाकी लोगों को मेरी बात पर जरा भी विश्वास नहीं हो

रहा था। वास्तव में मेरी कहानी बड़ी ही विचित्र थी।

हमारा जहाज 3 जून, 1706 को इंग्लिस्तान के किनारे पहुँच गया। दानवों के देश से छूटने के भी नौ महीने बाद मैं अपने घर पहुँच सका। अपने घर सकुशल पहुँचने के बाद मैंने भगवान् को बहुत धन्यवाद कहा। मेरी पत्नी और बच्चे मुझसे मिलकर बहुत प्रसन्न हुए। अपने बच्चों को देखकर मेरी खुशी का ठिकाना नहीं था।

मैंने उस दिन शपथ ली कि कभी भी भविष्य में लंबी समुद्री यात्रा नहीं करूँगा। मैंने अब तक जो भी समुद्री यात्राएँ कीं, उनमें मुझे बहुत तकलीफ उठानी पड़ी। उन यात्राओं से होने वाले दुःख और कष्टों को मैं कभी भी नहीं भूल सकता।

इन यात्राओं से मुझे जो भी अनुभव हुआ, वह भविष्य में मेरे बहुत काम आएगा। मुझे अच्छे और बुरे दोनों ही तरह के लोग मिले। अपनी यात्रा के दौरान जो मैंने विचित्र लोग और विचित्र देश देखे थे, उन्हें मैं घर में रहकर कभी भी नहीं देख सकता था। और न ही उन सबके विषय में आपको कुछ बता सकता था।